三河雑兵心得

豊臣仁義

井原忠政

JN047621

双葉文庫

目次

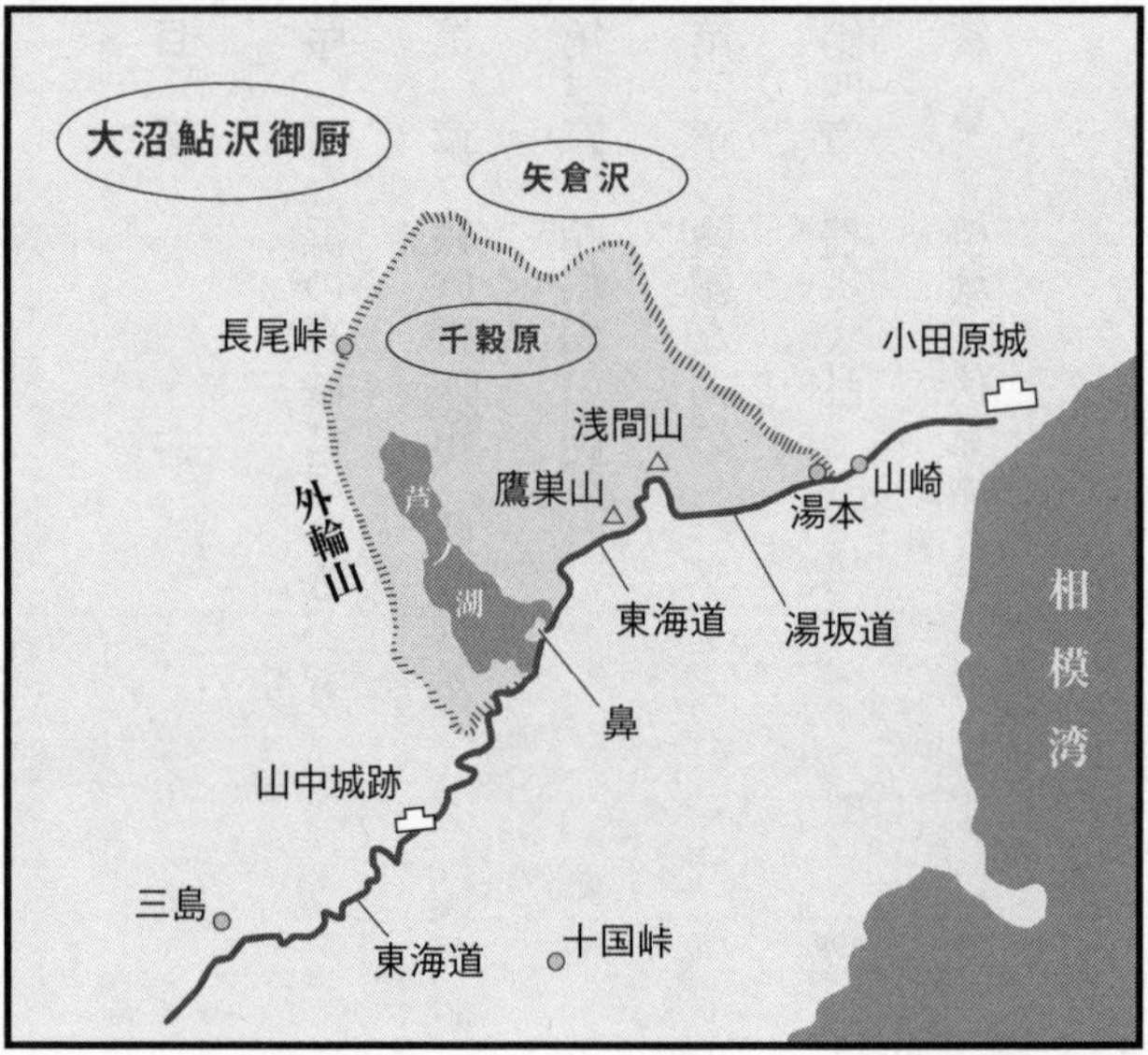
大沼鮎沢御厨
矢倉沢
長尾峠
千穀原
小田原城
浅間山
鷹巣山
山崎
湯本
外輪山
芦ノ湖
東海道
湯坂道
相模湾
鼻
山中城跡
三島
東海道
十国峠

箱根山図

三河雑兵心得　豊臣仁義

序章　浜の真砂《まさご》は尽きるとも

植田茂兵衛《うえだもへえ》は、甥の植田小六《ころく》と二人、竹矢来《たけやらい》を囲む人混みの中にいた。場所は京《きょう》の三条《さんじょう》大橋を見上げる鴨川《かもがわ》の中洲だ。文禄《ぶんろく》三年（一五九四）八月二十四日は、新暦に直すと十月八日に当たり、朝夕はかなり冷え込むようになってきた。

この二月、天下人豊臣秀吉《とよとみひでよし》の命を受けた徳川家康《とくがわいえやす》は、江戸《えど》を発《た》ち、京へと入った。茂兵衛も鉄砲百人組を率いて主人に付き従い、以来都の東南、指月伏見城《しげつふしみじょう》下《か》の徳川屋敷で暮らしている。

「意味が分からねェよなァ」

茂兵衛が傍らの小六に、小声で囁《ささや》いた。

「なにがです？」

「だって、殿は俺によォ、『目立たん姿で行け』『地味な格好で行け』と命じたんだわ」

「ほうですかい」

本日の茂兵衛は平服だ。甲冑姿《かっちゅう》ではない。陣羽織も着ていない。濃紺の袖なし羽織に柿色の小袖、ペラペラの袴《はかま》を穿《は》き、菅笠《すげがさ》を被っている。暇つぶしに京の町を散策する浪人の風体だ。

今朝のこと、茂兵衛は家康から、ある極悪人の公開処刑を「見て来い」と命じられた。京の民衆、野次馬に紛《まぎ》れ、同じ視線に立って観察することで、彼らの生の反応を知りたいらしい。

「俺はもともと図体がデカい。どんなに地味な形《なり》をしたって、そら目立つわなァ」

「確かにね。そりゃそうです」

茂兵衛は、身の丈が六尺（約百八十センチ）ある。往時の男性の平均身長は五尺二寸（約百五十六センチ）ほどだったから、人混みの中に立つと首一つ分が突出した。現に今も「大きな奴がおるぞ」と周囲から好奇の目を向けられている。

「殿は六万からの家来を抱えていなさるんだ。中肉中背の目立たん奴ぐらいゴマンとおるだろうに。なんでわざわざ俺かなァ？　俺を使うかな」

「それだけ殿様から信頼されてるってことですがね」

「本当かァ？」

茂兵衛は、少し肩を丸めて息を吐いた。

「あのお方はお若い頃からそうだ。俺が嫌がることばっか押しつけてくる。あれ、俺のことを虐《いじ》めて楽しんどるのではねェかな？」

「まさか。三千石貰ったんだから、たぶん気に入られてるんですよ」

茂兵衛は現在、上総国《かずさのくに》に七ヶ村三千石の領地を授けられている。

「ほら、来たで。来た来た」

と、誰かが叫び、群衆がどよめいた。

左手の彼方《かなた》、京七口《きょうななくち》の一つ粟田口《あわたぐち》を抜けて、厳重に警備された一団が三条通を西からやってくる。本日処刑される盗賊団、石川五右衛門《いしかわごえもん》一味を刑場まで護送する隊列だ。

この時代の鴨川は、河道《かどう》（河川敷）が二町（約二百十八メートル）以上もあり、特に三条大橋直下の中洲は広大で、極罪人の公開処刑や梟首《きょうしゅ》（さらし首）が度々行われていた。

群衆が取り囲む竹矢来の内には、二十本の磔台《はりつけだい》が立ち並び、中央には差し渡し一間（約一・八メートル）はあろうかという大釜が据えられている。

（やだなァ。まさかあの釜で茹《ゆ》で殺す気ではあるめェなァ）

茂兵衛は歴戦の勇士である。十七歳での初陣《ういじん》以来、戦場《いくさば》に出ること大小合わせて百回余り。残虐な場面、悲惨な情景を幾度となく目にしてきた。だが、多少の慣れはあっても、好きか嫌いかと問われれば、今も大の苦手だ。どうしても嫌悪感が先に立つ。できれば磔刑《たっけい》や鋸《のこぎり》引《び》き、釜茹でなど、苦しめるのが主目的な処刑は見たくない。最前から小六相手にブツブツと愚痴をこぼしているのも、凄惨な場面を見ざるを得ない状況に追い込んだ主人家康への不満が根底にあった。

「あれが石川五右衛門か……さすがに太々《ふてぶて》しい面《つら》をしてますね」

馬上の五右衛門を遠望した小六が、茂兵衛に囁いた。二十数名いる罪人だが、頭目である石川五右衛門の馬の横には、大きな名札を持った刑吏が歩いている。罪人たちは、後ろ手に縛られた上で筵《むしろ》を敷いただけの裸馬に乗せられ、ここまで京の町中を引き回されてきたようだ。

「あいつ、誰かに似てるなァ。どこかで見た面ですよ。どこだったか？」

「へへへ、おまん、大盗賊と顔見知りかい？」

五右衛門は三十代半ばの筋骨隆々たる大男だ。腹の据わった顔つきをしている。死が目前に迫っているのに、物見遊山にでも向かうような面持ちだ。なにかのきっかけで、どこぞの大名にでも陣借りしていれば、戦場で多くの手柄を挙げ、大層出世した可能性すらある。

「ああ、なんだ伯父上だ」

しばし考え込んでいた小六が嬉しそうに呟《つぶや》いた。

「ね、伯父上、石川五右衛門は貴方《あなた》様に……イテテテテ」

皆まで言わせる気はなく、小六の頰をつねり上げた。大柄で強そうな男なら、そりゃどこか茂兵衛に似てもいるだろう。だからといって、甥から「盗人《ぬすっと》とよく似ている」と指摘されるのも業腹だ。

（ふん。大盗賊だと？　上等だがね。俺ァ三千石だわ……三千石ねェ）

多くを殺し奪うことで武士は称賛され大封を得る一方、盗人は残虐な刑に処される。七ヶ村の領主と釜茹でにされる罪人——茂兵衛と五右衛門の立場の差は天と地だが、その本質的な違いは案外に少なく、紙一重《かみひとえ》なのかも知れない。運命の歯車が一つ狂っていれば、石川五右衛門が竹矢来の外で見物し、裸馬に跨《またが》っているのは己《おのれ》だったのかも——

「な、小六よ」

「はい？」

「あの婆《ばば》ァはなんだら？」

引き立てられてきた罪人の中に、六十がらみの老婆が一人交じっている。老婆以下の二十名は、それぞれ磔台に括《くく》りつけられた。五右衛門一人が大釜の方に連れていかれる。

「さあ？　女房って年でもねェから、五右衛門の母親ですか」

「お袋も同罪かよ」

茂兵衛の母は三年前に死んだ。決して折り合いのいい母ではなかったが、それでも「死んだ」と、わざわざ植田村から報せがきたときには愕然としたのを覚えている。

「親子から手下まで、眷属《けんぞく》まとめて皆殺しって話でしょう。老若男女《ろうにゃくなんにょ》は関係ないです。盗賊は根絶やしですよ」

「なんとも酷い話だァ」

「酷い……ですか？」

小六が怪訝《けげん》な顔をして茂兵衛を見た。

「奴ら十年にも亘《わた》って畿内を暴れ回った悪党ですがね。物は盗む。男は殺す。女は犯す。自業自得、仕方ないですわ」

「う、うん。まあなァ」

小六は可愛い甥だし、話も合う。ただ、今の彼に「紙一重の話」をしても、理解は得られないだろう。そもそも茂兵衛自身の思想が少々偏《かたよ》り、歪《ゆが》んでいるのだ。その辺の自覚はあって、年齢を重ねることで、世間とのズレがいよいよ顕著になってきている。厳に戒《いまし》めねばならない。心に思うのは兎《と》も角《かく》、口には出さないことだ。変人と思われかねない。

（ハハ、もう思われとるか……いずれにせよ、小六には言うまい。ゆうても無駄だがや。黙っとこう。なんでも黙って頷いとけばいいんだ。年寄りが長生きする策よォ）

秀吉の重臣《おとな》で京都所司代を務める前田玄以《まえだげんい》が、石川五右衛門一味の悪行の数々を読み上げ、天に代わりて成敗する旨を宣言した。

茂兵衛は、前田が朗々と読み上げる斬奸状《ざんかんじょう》を聞いていた。幾度か「太閤《たいこう》殿下の御恩」との言葉が繰り返された。

（太閤の御恩ってのはなんだら？）

秀吉が、長きに亘った戦乱の世を終わらせ、畿内に安定をもたらしたのは厳然たる事実だ。その秩序に挑戦し、かき乱した五右衛門は、憎んでも憎み足りない不義の輩《やから》、忘恩の徒である。つまり、そんな論理構成らしい。

(ほんだで、五右衛門は釜茹でだってんだろうなァ)

大釜の下に組まれた膨大な薪《まき》に火が点《つ》けられたのと同時に、五右衛門以外の罪人たちは、一人ずつ磔刑に処せられ始めた。

両腕を広げた状態で磔台に縛りつけられ、左右の下方から交錯する角度で脇腹を直槍《すぐやり》で突かれるのだ。多くの場合、穂先が心の臓や太い血の管を破り即死するが、偶《たま》さか急所を外れると、長く苦しむ。刑吏は絶命するまで幾度も繰り返し刺し続ける。ただ、刺突が四回以上繰り返されることはまずない。

罪人たちの鼻と口、槍の刺し傷から夥《おびただ》しい鮮血が流れ落ちた。酷い情景だ。

茂兵衛は家康の命を思い出し、密かに周囲の群衆を窺った。

男も女もいる。若い者も老人もいる。押《お》し並《な》べて表情に乏しい。極悪人の死を喜んでいるようにも、人として哀れんでいるようにも見えない。農村で飼われている牛や馬の顔つきに、どこか似ていた。

(今までが乱世だったんだ。こいつらも相当な場面を幾度も目にしてきたはずだわ。もう、慣れっこなんだろうよ)

強い刺激が繰り返されると、人の感情はすぐに鈍化する。

「おっ母《かあ》ァ！」

今まで一言も発しなかった五右衛門が、初めて叫んだ。ふり絞るような声だ。

「五郎吉《ごろきち》ッ！」

磔台上から老婆が応じた。石川五右衛門はもともと「五郎吉」と命名されていたようだ。前田玄以が刑吏を厳しく睨みつけると、彼らは慌てて、老婆の脇腹に穂先を突き立てた。慌てたその分、手元が狂った。穂先は急所を外し、老婆は悲鳴をあげた。

「おっ母ァ！」

刑吏が二度目の刺突を行ってもまだ死なない。

「こらァ、しゃんとせんかァ！」

前田が部下を叱責《しっせき》した。前田自身も動転している。この男、もとは坊主だ。

四度目の刺突で、ようやく老婆は絶命した。

「糞がッ、秀吉ッ、呪い殺してくれるゥ！」

このまま五右衛門を放っておくと、この先、なにを口走るか分からない。前田玄以が腕を振り回し、五右衛門は煮えたぎった油の中へと突き落とされた。

人が焼けるときの異臭が、辺りにプンと漂った。揚げても茹でても焼いても同じ臭いがするらしい。嫌な臭いだ。

それでも五右衛門はなかなか死なない。叫び、泣き喚き続けた。

「秀吉ッ、ド百姓の倅《せがれ》が太閤なんぞと笑わせるわッ！　殺してやるッ！　貴様の子々孫々まで呪ってやるぞッ！」

「や、や、槍じゃ。槍で五右衛門を刺せ！　刺し殺せ！」

大釜の中から、秀吉への悪口雑言《あっこうぞうごん》が延々と続き、前田玄以は顔面蒼白になってしまった。群衆の前での主人への誹謗中傷《ひぼうちゅうしょう》をこれ以上許すと、秀吉が激怒し、今度は前田の方が釜茹でにされかねない。最近の秀吉は気難しさを増し、少しでも気に食わないことがあるとすぐに激高するらしい。そんな噂が聚楽第《じゅらくだい》でも、普請中の伏見城内でも盛んに囁かれている。

（なんだこいつら……段取りの悪いこったなァ）

茂兵衛は内心で嘲笑《はな》していた。

（こうなることは端から予想できたはずだァ。晒布《さらし》でもなんでも、五右衛門の口に突っ込んどきゃよかったんだ。これだから、帳面上の能吏に現場の指揮を執《と》ら

せちゃ駄目なんだよォ）

槍を手にした刑吏が大釜に駆け寄ると、すでに五右衛門は絶命していた。

茂兵衛は再度周囲を窺った。驚いたことに、幾人かが手で口を押さえて俯《うつむ》き、必死に笑いを堪《こら》えている。前田玄以以下、刑吏たちの動転と混乱が、よほど滑稽《こっけい》だったのだろう。

（これは興味深いや。へへへ、殿様に御報告だァ）

茂兵衛がほくそ笑んだ。

第一章　鉄砲百人組、襲われる

一

急ごしらえの伏見《ふしみ》徳川屋敷の書院で、脇息《きょうそく》を抱きかかえた家康が、浪人の風体のまま平伏する茂兵衛に質《ただ》した。太刀持の小姓も下がらせ、主従二人きりでの密談である。

「で、どうだった？」

「釜茹《ゆ》でにございました」

少し迷ったが、まずはそこから報告を始めることにした。

「一味全員が茹でられたのか？」

「否、頭目一人が釜茹で。他二十名は磔刑《たっけい》にございました」

「大釜の中は湯か？　油か？」

「それは……わ、分かりかねまする」

（ま、大層臭ってたから油だとは思うが……どっちでも煮られる側にとっては一緒だがね。熱いんですよォ。苦しいんですよォ）

そう思ったが、少し考え直した。

（いやいや、一緒ではねェか。水と油なら熱さが倍も違う。苦しみ悶《もだ》える時間も変わってくるだろうさ）

「頭目は、五右衛門とかゆうたな？」

「御意ッ。石川五右衛門にございます」

「ほお、石川姓か……うん、石川ねェ」

そう言ったなり、家康は押し黙ってしまった。障子が半分開けられた付書院の窓から、庭の緑を眺めて「フウ」と大きく溜息をついた。

日頃、妻の寿美《すみ》から「鈍い、鈍い」と揶揄《やゆ》される茂兵衛にも、主人が何を思っているのか、なんとなく伝わった。

（伯耆守《ほうきのかみ》様のことを、思い出しておられるのだろうよ）

石川数正《いしかわかずまさ》は昨年、京《きょう》で病死した。享年六十一。最後の官職は出雲守《いずものかみ》であったが、家康と茂兵衛の間では、今でも「伯耆守」のままである。己が名誉を犠牲にしてまで忠義を貫き通したが、彼の誠を知る者はほんの一握りで、今後も真実が広く語られることはまずあるまい。裏切者の汚名を着たまま死んだ「真《まこと》の忠臣」である。

家康が、目頭を指先でソッと拭《ぬぐ》った。

(殿様、伯耆守様のことを思い、泣いておられるようだわ。へへ、この辺りだわなァ。うちの殿様に、わずかに残った愛嬌というか……)

「こりゃ、茂兵衛ッ!」

油断した。雷が落ちた。

「ははッ」

「たァけ。早う先を話せ!」

「ぎょ、御意ッ」

不意を衝《つ》かれて仰天し、慌てて報告を再開した。

ここ伏見は、都の東南にある。

西方には鴨川《かもがわ》が、南方には宇治川《うじがわ》が流れ、京の都と琵琶湖《びわこ》と大坂《おおさか》を繋ぐ要衝の地だ。同時に、東山《ひがしやま》から連なる桃山《ももやま》丘陵は、古来より「観月の名所」と称され、指月《しげつ》の地名の由来ともなっていた。平安期には白河《しらかわ》上皇が「鳥羽《とば》離宮」を、橘俊綱《たちばなのとしつな》が「伏見山荘」を建て、皇族や公家衆の別荘地として知られている。

この地に秀吉が、隠居所として伏見城を建て始めたのは、甥の秀次《ひでつぐ》に関白《かんぱく》位と聚楽第《じゅらくだい》を譲った翌年の文禄《ぶんろく》元年（一五九二）のことであった。順調に政権交代を成し遂げ、先代の秀吉が隠居所から当代を後見する体制だ。朝鮮出兵があったが、まずは豊臣の世は盤石かと思われた。

ところが、そのまた翌年の文禄二年の八月、大坂城内で淀君《よどぎみ》が於拾《おひろい》（後の秀頼《ひでより》）を産んだことにより事態は一変する。

幼い我が子に、どうしても天下を継がせたい秀吉は、呑気に隠居している場合ではなくなったのだ。今や伏見城の存在意義は単なる「隠居所」では済まなくなった。自らの居城としての十分な防御力を備え、政治と軍事、経済の要衝として機能させねばならない。秀吉は今年——文禄三年の初頭から、未完成の伏見城を度々訪れ、家康以下の有力大名を呼び寄せ、盛んに茶会などを開いている。大名たちも風を読み、城下に各々の屋敷を急ごしらえで建てた。総じてこのことは、秀吉の「隠居撤回」「再登板宣言」にも等しい。当然、現関白の秀次や、その政庁である聚楽第との軋轢《あつれき》も噂されていた。

「これから豊臣家はどうなるのか？」

諸大名たちは、今後の成り行きを恐る恐る見守っている。家康も例外ではなく、秀吉にくっついて、聚楽第屋敷と伏見屋敷を行ったり来たりして暮らしていた。家康が茂兵衛に「刑場に集《つど》う民衆の反応を見てこい」と命じたのも、これらの延長線上で考えるべきだろう。

「ほう、見物人が笑ったと申すか」

思った通り、この件に家康が食いついてきた。興味津々《きょうみしんしん》で、脇息から身を乗り出した。

「御意ッ。前田玄以様の狼狽《ろうばい》ぶりが、それは酷うございましたゆえに『失笑を買った』そんな印象にございました」

「前田殿、殿中では堂々としておられるがのう」

（前田玄以は、能吏ではあっても、現場の人間ではねェとゆうことだら。ま、よくある話よ）

逆に、現場の人間と自他ともに認める茂兵衛など、殿中に上がると借りてきた猫以上に大人しい。おろおろするばかりで使い物にならない。要は、適材適所ということだ。

「結局のところどうなのか？　京の都における聚楽第あるいは豊臣家の人気はいかほどのものなのか？」

随分と戦略的な見識を問われ、茂兵衛は前田玄以並みに狼狽した。

「さ、さすがにそこまでは、それがしには分かりかねまする」

「たァけ。おまんの直感でええからゆうてみりん」

「あんの……しかし……」

ウジウジとする茂兵衛に家康が苛立ち、早口でまくしたて始めた。

「だいたい、おまんの一言で徳川が動くわけなかろう。自惚《うぬぼ》れるな。参考にする程度だから、気楽にゆうてみりん」

「はあ」

少し間を置いて、茂兵衛が重い口を開いた。

「では、申し上げまする」

「伺おう」

進退窮まった茂兵衛は、不承不承ながら存念を述べることにした。

「聚楽第にせよ伏見城にせよ、とかく豊臣家は銭を使いまする」

「うん、散財するのう」

「御意ッ」

八年前の天正《てんしょう》十四年（一五八六）、秀吉は京における己が住まいと政庁を兼ねた聚楽第の普請に着工した。金箔瓦を頂いた白亜の大天守閣は、京雀たちの度肝を抜いたに相違ない。その名には、不老長寿の「楽《たのしみ》」を「聚《あつ》」める「第《やしき》」との願いが込められている。聚楽第の東側には、大名たちの京屋敷が建ち並び、彼らに敷地を提供した各寺院のために、鴨川西岸に細長く「寺町」を新設した。

天正十九年には京の町を囲む防塁（御土居《おどい》）を造営。全長は五里半（約二十二キロ）にも及び、これを聚楽第の惣構《そうがまえ》とした。

さらに今年、文禄三年（一五九四）の十月からは、ここ伏見の地で大工事が始まる予定だ。現在、南に四半里（約一キロ）離れて流れる宇治川の流路を変え、伏見城下に流し、城の外堀にすると同時に、大きな港を作り、船で大坂まで行けるようにするという。なんとも気宇壮大《きうそうだい》。銭を湯水のごとくに使う政権で、秀吉の天下統一以来、京の周辺で槌音《つちおと》が響かない日はない。

「当然、京の商人も職人も大層潤っており、その意味では豊臣の人気は高いものと思われまする」

「うんうん、然《さ》もあらん」

家康は深く頷いたが、あまり機嫌はよろしくない。長年仕えているから、見れば分かる。茂兵衛は徳川の臣下だ。豊臣を褒めてばかりいると、家康は兎《と》も角《かく》、家臣仲間から不興を買いかねない。この場にはいないが、もし本多平八郎《ほんだへいはちろう》などがいれば、確実に殴られる。理非のどうこうではない。単に「気分が悪いから、徳川以外の家を褒めるな」ということなのだ。

「ただ実は、それがしの筆頭寄騎の妻は、公家の屋敷に仕えておりました京女にございまして……」

横山左馬之助《よこやまさまのすけ》の妻のことである。厳密には公家ではなくて親王家の女房に仕えていた。

「その者によりますれば、織田《おだ》にせよ、豊臣にせよ、恐れながら徳川にせよ、どこも皆様、京雀からすれば、誰もが田舎者のお上りさんに過ぎないと」

「つまり心の奥底では『小馬鹿にしておる』ということであろうな」

「御意ッ」

「そんな田舎者が刑場で失態を演じれば、そら、笑うわなァ」

「御意ッ」

「ふ〜ん……」

また黙り込み、やはり付書院の窓から庭の景色を眺めていたが、やがて——

「あれだわなァ」

（ど、どれだ？）

「太閤《たいこう》殿下も釜茹でなど、せねばええのになァ」

（あ、それね）

「ま、命じたのは秀次公やも知れんが……別に、盗人《ぬすっと》を甘やかせとは言わん。ただ、なぜ茹で殺す必要がある？　見せしめか？　首を刎《は》ねればそれで十分ではねェのか？　あまりにも酷い。天下人のやることとは思えん。じっくり殺す……そうゆうところが、ワシの性に合わん」

「御意ッ」

そこは茂兵衛も同感だった。家康は決して善人ではないし、慈悲深くもないが、あまり酷い刑罰を好まない。現実家の家康は「不必要に苦しませるのは無駄だ。排除すればそれで十分」と考えている節がある。

「ここだけの話だけどよォ」

家康が声を潜め、身を乗り出した。

「はあ」

茂兵衛も、膝でわずかににじり寄った。

「思うに、豊臣の箍《たが》が外れ始めたのは三年前からよ」

三年前の天正十九年（一五九一）一月、秀吉は政権の大番頭《おおばんとう》たる実弟の豊臣秀長《ひでなが》を失った。そして、その一ヶ月後には、事実上の内政顧問を務める千利休《せんのりきゅう》に死を与えている。さらに、その半年後には嫡男《ちゃくなん》の鶴松《つるまつ》が夭逝《ようせい》したのだ。

「ちょうどあの辺りから、太閤殿下は多少老耄《ろうもう》されたように感じるが、おまん、どう思う？」

「御意ッ。最近では、お体もお顔も一回り小さくなられたような」

これも本音である。今年秀吉は五十八歳だが、明らかに衰えていた。

「で、あろう」

家康が扇子の先で茂兵衛を指し、満足そうに頷いた。

陽が傾き、書院内も暗くなってきたので、小姓が蠟燭《ろうそく》を灯しにやってきた。主従は密談を中止した。

「あ、そうそう。今さっき江戸《えど》から書状が届いてなァ」

「いかなる書状で？」

「それがなァ」

ここで家康は、深い溜息をついた。

「七郎右衛門《しちろうえもん》……そろそろいかんらしいぞ。医師は『もって一ヶ月《ひとつき》』とかゆうとるそうな」

「あれ、ま」

口がポカンと開いた。彼が、秀吉と同様に衰えていることは知っていたが、あまりにも急だ。茂兵衛も長い付き合いだから、思わず身を乗り出した。

七郎右衛門こと大久保忠世《おおくぼただよ》は、小田原《おだわら》の陣の前後から急に老《ふ》け込んだ。丸く大きかった団栗眼《どんぐりまなこ》が、ショボショボとして一回り小さくなっていた。三年前に小田原城内で話し込んだときには、食欲と体力の減退を嘆いており、茂兵衛は熊胆《ゆうたん》を渡した記憶がある。今年で確か六十三のはずだ。

（熊胆、お服用《のみ》にならなんだのかなァ。それとも……）

知り合いの猟師は「熊胆が効かぬのは、死病」と言っていた。

「そうか……そうゆう手もあるなァ」

家康が天井を見上げ、顎を撫でながら独白した。

「よしッ、決めた。おまんと七郎右衛門は二俣城《ふたまたじょう》から小諸城《こもろじょう》まで、ずっと組んで戦ってきた仲であろう。今すぐ鉄砲百人組を連れて小田原へ発《た》て。今生の別れを告げて参れ。ワシからも伝言したいことがある。七郎右衛門に息があるうちに必ず着けよ」

「は、はい」

と、曖昧に頷きながら暗算してみた。京から小田原まで百里（約四百キロ）はある。途中、渡るべき大河が七本、最後には箱根山《はこねやま》まで越えねばならない。三百人で行軍するなら、普通に歩いて二十日。死ぬ気で歩けば十五日。天候の次第では一ヶ月もかかる。医師は「もって一ヶ月」と言っているそうな。

（ぎ、ぎりぎりではねェかッ！）

「あの、とても間に合いませんが……」

「たァけ！　おまんの鉄砲隊は足が速いのだけが取柄だろうが！　疾《と》く発て！」

「ぎょ、御意ッ」

と、畳から跳び上がった。

二

茂兵衛と鉄砲百人組は、わずかその三日後には琵琶湖畔を行軍していた。家康の無茶な要求は毎度のことで、心の準備はできているが――それにしても早い。

三百人分の旅支度、別《わ》けても兵糧の調達には毎度難渋するもので、通常は十日以上もかかる。それが今回かくも早く済んだのには、理由が二つあった。一つは、時季が米の収穫期直後であり、新米の在庫がふんだんにあったこと。一つは、鉄砲百人組の準備がすでに整っていたからだ。

そもそも、在京時の家康は周囲の警戒を怠らない。怠れない。常に豊臣による謀殺の恐れがあるからだ。今や秀吉に反目可能な大名は徳川家だけで、その徳川は家康一人で持っている。もし彼が死ねば、後継ぎの秀忠《ひでただ》は今年まだ十六歳と若く、その上、善良だが凡庸だ。とてもではないが、六万人余りの家臣団と二百五十万石をまとめて優勢な豊臣に対抗できるとは思えない。外から秀吉が手を突っ込み、徳川を百万石程度にまで減封させ、自家の脅威足り得なく去勢《きょせい》することも容易《たやす》かろう。秀吉には「家康を殺す動機」が確かにあったのだ。

さりとて、伏見の徳川屋敷に護衛の軍勢を五千、一万と駐屯させることもできない。そんなことをすれば謀反《むほん》を疑われる。京は、十二年前に本能寺《ほんのうじ》の変があった土地柄なのだ。

そこで家康は、茂兵衛隊を伏見屋敷に常駐させることにした。百挺の鉄砲は、大名家五万石の火力に相当する。しかも総員で三百人ほどの小部隊だから、さすがに謀反までは疑われない。まさに「丁度いい」のである。

その分、伏見の鉄砲百人組は、常に臨戦態勢であらねばならず（それはそれで大変だったのだが）、今回はそのことが大いに役立った次第だ。

ただ、鉄砲百人組が不在となる間は徳川屋敷の守りが手薄になる。

（殿様は「心配は要らん」とゆうておられたから、ま、大丈夫やろ）

伏見城下の徳川屋敷の近所には数家の松平家がそれぞれ屋敷を拝領している。久松松平《ひさまつまつだいら》家の当主定勝《さだかつ》は家康の異父弟であり、奥平《おくだいら》松平家の当主信昌《のぶまさ》の妻は家康の娘だ。これだけ親族がかたまっていれば、百人組が留守の間ぐらい、なんとかなるだろう。

琵琶湖の東岸を、安土城《あづちじよう》址《し》を左に見ながら北上した。安土城は、本能寺以降も織田家の城として生き残ったが、天正十三年（一五八五）に廃城となり、今は苔《こけ》むしている。

「この辺は今、どなたの領地だら？」

愛馬仁王《におう》の背に揺られながら、茂兵衛は振り向き、後方から続く寄騎衆に声をかけた。

「豊臣家の蔵入地《くらいりち》にございます」

次席寄騎の浜田大吾《はまだだいご》が胸を張り、意気込んだ様子で答えた。

蔵入地とは——大名領の中で、大名宗家の直轄地を指す。通常は代官が置かれて徴税する。反対に、大名領内で家臣に分け与えられた土地は、知行地《ちぎょうち》と呼ばれた。

「現在は、代官として石田治部《いしだじぶ》様が統《す》べておられます」

「へえ、太閤殿下側近の石田様かい」

「四里（約十六キロ）北の佐和山《さわやま》に城を築き、代官陣屋としておられます」

「大吾、おまん、やけに詳しいなァ」

「や、ま、いささか調べましたので、はい」

若者が少し照れた。

（ほお……大吾の野郎、一皮剝《む》けたのかなァ）

この男、趣味で蒐集《しゅうしゅう》している馬手差《めてざ》しにしか興味はないものと思っていた。筆頭寄騎の横山左馬之助などは、そんな浜田を評し「次席寄騎として頼りない限り」と気に食わない様子だったのだ。しかし、陸奥国《むつのくに》での激しい戦いを経験して腹が据わり、役務に身を入れるようになってきたと、最近左馬之助から嬉しい報告を受けたばかりだったのだ。

（へへへ、野郎を成長させたのは、戦《いくさ》ばかりではあるめェよ）

実は浜田、この春に妻を娶《めと》った。評判の才色兼備《さいしよくけんび》で、この嫁が「馬手差し集めなどは、老後の楽しみにとっておかれてはいかが」と役目専一を求めたというのだ。妻のことが可愛くてならない浜田はこれを受け入れ、人が変わったように、仕事に取り組むようになったそうな。

（持つべきものは賢妻だわなァ）

茂兵衛は内心でほくそ笑んだ。上役の茂兵衛や左馬之助が、どれほど厳しく意見しても、浜田の蒐集癖は止められなかったのだ。美しい新妻の一言で、阿呆な男も木に上る。や、めでたいことだ。

（ああ、参ったなァ）

仁王の鞍上《あんじよう》で揺られながら茂兵衛が嘆息を漏らした。

（こりゃ、七郎右衛門様の前に俺が死んじまうがね）

伏見を発ってから十二日——茂兵衛隊はやっと駿府《すんぷ》までたどり着いた。茂兵衛も仁王も、足軽も駄馬も、大いに疲弊している。ザッと計算すれば、毎日六里(約二十四キロ)以上も歩いている。通常なら行軍速度は日に五里だから、ある意味「無理な数字」なのだ。

(ま、うちだから、なんとかやれとるんだわ)

茂兵衛は指揮下の鉄砲隊に、毎年冬場に厳しい鍛錬を課す。徹底的に走り込ませるのだ。かつて徳川が駿河国《するがのくに》を支配していた頃には、この土地でも走り込みをさせた。駿府城は平城である。広々とした平野がどこまでも続くが、東へ一里半の場所には、海に浮かぶ島のような丘陵が望める。毎日のように、鉄砲を持ってそこまで走らせたものだ。

「走って現場に入り、鉄砲を放ち、また走って離脱する。それが鉄砲隊だがね」

——これが、鉄砲隊指揮官としての茂兵衛の信条となっている。お陰で、この無謀な行軍にも、部下たちは耐えられるのだ。

「どう、どう。大丈夫だら。ほれ、落ち着けェ」

手綱を引いて仁王をなだめた。さしもの悍馬《かんば》も、もうだいぶ老け込んだ。最近では「仁王が、なにに怯えているのか」分からないことも多い。晴れた空を見て急に暴れ出したりもする。今もそうだ。歩きながら、なにもない草原を眺めていて、急に鼻息荒く足踏みを始めた。

「おまん、人には見えんものでも見えとるのか？」

と、優しく声をかけ、たてがみの辺りをポンポンと叩いてやった。

天正十三年（一五八五）の上田《うえだ》合戦で先代の雷《いかずち》が哀れ討死し、その年の暮れに浜松《はままつ》へと帰った際、「馬が無くては御不便でしょう」と、馴染の馬喰《ばくろう》が連れてきた馬だ。それから七年も乗っている。当時は数え五歳だったが、今年でもう十二歳だ。そろそろ退役をと考えないでもないが、やはり気心の知れた馬は離れ難《がた》い。大きな戦がある様子もないから、老馬でも大丈夫だろうと、ついつい引退を先延ばしにしている。

（まず雷が死に、秀吉の弟が死に、秀吉自身は耄碌《もうろく》し、秀吉の嫡男が死に、伯耆守様が死に、今、七郎右衛門様は死にかけて、仁王も老け込んだ。なんだか俺の周囲は棺桶の臭いばかりがプンプンしとるがね。たまらんなァ）

この辛気臭さを「なんとかすべし」と思い立ち、仁王の鞍上で瞑目し、家康から命じられた幾つかの大切な事項を思い出し、整理してみた。

「ええか茂兵衛……」

伏見城下、徳川屋敷の人払いされた書院で家康が囁《ささや》いた。

「もともとワシは、豊臣家の内部に『三つの耳』を持っとったんだわ」

この角度を変えた三方向からの情報を総合して、実相を浮かび上がらせていたというのだ。家康は小声で「三つの耳」を順次列挙した。

一つは、家康自身の次男坊、結城秀康《ゆうきひでやす》からの情報。

一つは、石川数正からの情報。

一つは、大久保忠世が豊臣家内部に持つ伝手《つて》からの情報。

「ところが、秀康は結城氏の婿に入り、畿内を離れてしもうた」

天正十八年（一五九〇）、秀康は北関東の名族、結城晴朝《はるとも》の孫娘と結婚して結城宗家十万一千石を継ぎ、現在は下総国《しもうさのくに》にいる。

「伯耆は昨年（文禄二年）死んだし、倅《せがれ》の康長《やすなが》はちと奇矯《ききょう》な男でなァ」

石川康長——徳川の間者として、大坂城や聚楽第で働かせるには「危うい」と家康は感じているようだ。

「ここへきて、七郎右衛門までが危篤になると、ワシは完全に耳を塞がれることになるがね」

「ほうほう」

江戸における茂兵衛の隣人である服部半蔵《はっとりはんぞう》の情報などは、数こそ多いが、庶民や下層の武士から浅く広く集める場合が多く、豊臣政権内部の枢要に食い込んでいるわけではないという。

「そこでおまんはな、息があるうちに七郎右衛門と面談し、大坂方の伝手を聞き出してこい。できれば忠世の死後も引き続き誼《よしみ》を通じたい」

「あの……その誼を通じる役は、まさかそれがしでは……」

「たァけ」

ペチン。

家康が、扇子の先で茂兵衛の月代《さかやき》を軽く叩いた。

「お前ェではねェ。伝手さえ聞き出してくれれば、後はもそっと血のめぐりのええ者にやらせるわ」

「あ、左様《さよう》で」

思わず安堵が表情に出たかも知れない。家康の表情が見る間に厳しくなった。

「おまんは相変わらず、面倒くさいお役目からは逃げ回ろうとしよるなァ。おまん、それでも武士か！　三千石分は働けや！」

ペチン。

さらに叩かれた。

ま、京ではそんな遣り取りがあった次第だ。

駿府を過ぎたからには、小田原までは二十里（約八十キロ）と少しであろう。今日もまだまだ歩くから、小田原到着は三日後の九月十二日か、箱根越えを考慮に入れても、四日後の十三日までには着くだろう。

（百里を歩いても二十日を切っとる。ま、季節柄、天候に恵まれたこともあるが、上出来だァ。これ以上早く着くのは無理だがね。殿様もその辺は分かってくれるだろうよ）

「お頭《かしら》？」

「え、ん？」

左馬之助に呼びかけられて、目を開いた。草摺《くさずり》がカチャリと小さく鳴った。気づけば筆頭寄騎が馬を並べてきている。

「眠っておられたのですか？　随分とお疲れのようですが」

「や、考え事しとっただけだがね。さほどに疲れてもいねェ」

大嘘である。一瞬だが意識は飛んでいたし、ぼろ雑巾《ぞうきん》のように疲れてもいた。

茂兵衛もいい歳だ。衰えは、心と体のあちこちに出ている。

「それより左馬之助」

「はッ」

首を振り、周囲に耳目《じもく》がないことを確認した上で話を続けた。

「実は今回、確実ではねェが、合戦の恐れがなくもねェんだわ」

「ほう」

「殿様は、そう考えて、我らを小田原に遣わしたんだがね」

「相手は誰です？　まさか大久保党ではないでしょうな」

「たァけ。あるわきゃねェわ」

なにせ惣無事令《そうぶじれい》下である。鉄砲百挺を擁《よう》する強力な鉄砲隊が戦う相手はどこの誰か、左馬之助ならずとも首を傾《かし》げたくなろう。

家康が小田原に、鉄砲百人組を送った理由の一つは反乱対策であった。

四年前の天正十八年（一五九〇）まで、小田原は北条《ほうじょう》家の本拠地だったのだ。征伐時の兵力は、八万人とも言われた。小田原城周辺には、今も帰農した北条家の旧臣たちが数多く住んでいる。対する大久保家の所領は四万五千石で、四十石当たり一人の軍役で計算すれば、総兵力は千百人強だ。旧北条侍のほんの一部が一揆を起こせば、大久保党は圧倒されかねない。当主忠世の死の混乱を好機とし、旧勢力が一揆を起こす可能性は排除できないのだ。

茂兵衛指揮の百挺の鉄砲隊が小田原城で睨みを利かせることで、一揆側も事を起こしづらくなるのではあるまいか。家康はその辺のことを考えて、茂兵衛隊を小田原に派遣した。深慮遠謀である。

「ま、心配は要らんでしょう」

左馬之助が兜《かぶと》を被った首筋を掻きながら呟《つぶや》いた。

「うちの若い者も、小田原、陸奥《みちのく》と立て続けに二度戦場《いくさば》に出てますからなァ。もう一端《いっぱし》の鉄砲隊ですがね」

「ほうかい」

「ほうですわ」

左馬之助は、配下であると同時に長年の朋輩《ほうばい》でもある。信頼は篤い。ただ、左馬之助から見れば、茂兵衛は「親の仇」でもあるわけだが——

(もう、あの件は水に流してくれたのだろうか……一度訊いてみたいが、訊きづらくてのう)

「なんですか?」

茂兵衛がジッと見つめていたので、左馬之助が気味悪そうに質した。

「な、なんでもねェわ」

と、ぶっきらぼうに返した。

三

九月十一日には、黄瀬川《きせがわ》を渡って三島《みしま》に入った。小田原城まではざっと残り十里（約四十キロ）ほど。長旅の疲れがあるし、これから先は峻険な箱根越えだから、旅程は二日を見ている。十三日の昼前に着ければ上々だ。三島大社近傍の疎林内で野営することにした。

長旅に疲れた百人組は早々と眠りについた。

「惣無事令の世に、鉄砲百挺を備える強力な我らを襲う者などいるはずがない」

との驕《おご》りと油断があり、疲れも重なって誰もが深い眠りに落ちた夜半過ぎ——

「なんや、こらおまん！」

怒声が野営地に轟《とどろ》いた。

「ギャ——ッ」

「喧嘩だァ、喧嘩だァ」

（なんだ、喧嘩かい……糞がッ、眠らせろや）

大方、小便に立った足軽が、寝惚《ねぼ》けて朋輩の足でも踏んだのだろう。眠りを妨げられた方は当然怒るから、売り言葉に買い言葉で喧嘩になる。ありそうなことだ。そのぐらいの出来事は、鉄砲隊の中では日常茶飯事で——

疲労困憊《ひろうこんぱい》の茂兵衛、またストンと眠りに落ちた。

「おらァ、なにしとんなら！」

ギン、キン。

（剣戟《けんげき》の音までしとるがね。抜いたのか？　誰か早う仲裁せんかい。俺ァ眠りたいんじゃ）

「ギャ——」

「て、て、敵襲——ッ。敵襲だがや——ッ」

（敵襲？　て、敵襲やとォ！）

ガバと身を起こした。

野営地内は怒号と悲鳴で騒然としていた。踏み鳴らす足音と剣戟の音。天幕を撥ね上げて植田家家臣の清水富士之介《しみずふじのすけ》が顔を出した。

「殿ッ、敵襲にございますぞ」

「誰だら、誰が攻めてきたか？」

「分かり申さず。兎に角、甲冑《かっちゅう》だけはお召し下され」

「お、おう」

と、跳び起き、まずは富士之介に手伝わせて両籠手《こて》をはめ、佩楯《はいだて》の紐を下腹の辺りで結んだ、その時――

ビビ――――ッ
と、槍の切っ先と思《おぼ》しきものが、茂兵衛の天幕を切り裂いた。お頭の天幕を破るとは――明らかに敵の仕業だ。甲冑を着けている暇はない。槍か刀を摑みたいところだが、その隙が無い。止むを得ず腰に佩《お》びた脇差しを抜いた。富士之介ともども敵の侵入に備える。富士之介も脇差しを佩《は》き、両籠手に佩楯を巻いているだけだ。甲冑を着込む間もなく、まずは主人を起こしにきたのだろう。紛《まご》うことなき忠臣である。

「おら――――ッ」

天幕の裂け目から突っ込んできたのは、重武装の兜武者であった。頭形《ずなり》の兜《そ》に当世具足《とうせいぐそく》、一間半（約二・七メートル）ほどの直槍《すぐやり》を手にしている。無駄を削いだ完成形の槍武者だ。鉄砲を除けば戦国最強である。近接戦を意識して槍を短く持っているところも、心得は十分なようだ。対するこちらは、刀を抜いた裸武者が二人。しかも茂兵衛の刀は、刃渡り一尺六寸（約四十八センチ）の脇差しだ。連携を取って戦わねば圧倒的に不利である。

「誰だら、おまん⁉」

「死ね――――ッ」

茂兵衛の誰何《すいか》には答えず、「死ね」と吼《ほ》えて突いてきたが、茂兵衛主従は機敏に跳び退き、これを避けた。

「富士、野郎の背後に回れ！　斬ろうと思うな。間合いを詰めて抱きつけ。動きを止めろ！」

「承知！」

「えいさッ！」

槍武者がさらに突きを入れてきた。茂兵衛は横へ飛んで、かろうじて穂先を避けたが、これは敵の陽動であったらしい。突き出した槍をそのまま大きく後ろへ引き、背後に回った富士之介の腹に石突《いしづき》を捻じ込んだのだ。

「ぐふッ」

不意を衝かれた富士之介が、腹を押さえて膝を突いた。これが甲冑を着けていれば、胴の鉄板が石突を防いでくれ、どうということもないのだろうが、生身の体だと、かくも人間はひ弱い。

（野郎ッ）

機を見て茂兵衛が踏み込んで腕を伸ばし、敵槍の穂先の根っこ――胴金《どうがね》の辺りを摑んだが、振り回され、これは振り解《ほど》かれた。

ブン。

敵は休まない。頭上で槍を素早く旋回させ、上から叩きにくる。

「おいさァ！」

ガン。

「ううッ」

思わず呻《うめ》いた。かろうじて刀身でいなしたのだが、持槍は総重量一貫（三・七五キロ）あり、多くは樫の一本作りだ。振り下ろされたその衝撃はもの凄く、茂兵衛は不覚にも脇差しを取り落としてしまった。

（しまった！　こうなったら、もう自棄糞《やけくそ》だら！）

屈した体を発条《ばね》のように伸ばし、勢いをつけて跳び、槍をかいくぐって敵の腰へと抱きついた。もう三千石の体面などどうでもいい。まずは生きること、殺されないことだ。

(しめた！　これで敵の槍は無用の長物だわ)

心得のある武士なら懐に潜り込まれた時点で即座に槍を捨て、格闘に備えるのだが、なかなか戦場で槍を手放すのは勇気が必要で——

カラン、コロン。

(ああッ、この野郎、槍を捨てやがったぞ。素人《しろうと》じゃねェなァ)

即座に相手の足を払い、体重をかけて押し倒した。二人もつれ合いながら地面の上を転げ回る。

茂兵衛は今や、身に寸鉄も佩びていない。対する敵は、槍こそ捨てたが大小の刀を持っている。茂兵衛は腰の刃物に手が行かぬよう、敵の両手首を摑んだ。業を煮やした敵は頭を引き、兜の眉庇《まびさし》を茂兵衛の顔に叩きつけてきた。

ガン、ガン、ガン。

頭突きである。顔を背《そむ》けるが、どうにもつらい。閉口した。手を離せば刃物を抜かれるし、ここは耐えるしかない。鼻が痺れて、おそらくは血が顎から首にまで伝い落ちるのが分かった。ちなみに、敵は面頰《めんぼお》を着けている。茂兵衛の方からの頭突きは、まったく効かないはずだ。

ガン、ガン、ガン。

幾度も食らわされ、意識が朦朧《もうろう》としていく。

(こりゃ、まずいぞ……どうするかなァ)

しかし、ここで形勢逆転。ふらふらと立ち上がった富士之介が、刀を手にこちらに近づいてくるのが見えた。

(でかした、富士!)

「殿、助太刀ィ!」

刺殺しようと、富士之介が右手に刀を持ち、左手で敵の鎧《よろい》の肩上《わだかみ》の辺りを摑んだその刹那——

ゴスッ。

「ギャッ」

大男が股間を押さえて崩れ落ちた。下から股間を、陰嚢《いんのう》の辺りを後ろ足で蹴り上げられたらしい。

(や、役に立たんやっちゃなァ)

と、落胆した心の隙を衝かれ、茂兵衛は左手を振り解かれた。敵は自由になった右手で、盛んに己が右腰を探っている。

（こいつ、馬手差しを佩びとるんだわ）

刀は通常左腰に佩びるが、希《まれ》には右腰に、鎧通しと呼ばれる短刀を佩びる者もいる。次席寄騎の浜田大吾が趣味で蒐集していた、あの馬手差しだ。そんなものを抜かれて、鎧無しの腹や胸を刺されては堪《たま》らない。必死に左手で妨害するうち、ふと茂兵衛の手が先に馬手差しを探り当てた。反射的に敵の右腰から引き抜いた。鞘《さや》ごと抜けてきた短刀を大きく振って鞘だけ振り落とし、そのまま敵の首に突き立てた。

「ウガッ」

幾度か突き刺すうち、相手の四肢から力が抜けていく。勝負ありだ。

半日も戦ったように、茂兵衛は疲労困憊していた。肩で息をしながら起き上がり、土の上に胡坐《あぐら》をかいて息を整えた。

「富士、生きとるか？」

「も、申しわけございません」

と、謝りながら大男も身を起こし、やはり胡坐をかいて茂兵衛に叩頭した。

「いいってことよ。それより、野郎、強かったなァ」

と、仰向けになったまま動かない鎧武者に顎をしゃくった。面頬も着け、心得も弁《わきま》えて、ちゃんとした武士だった。

「俺も再来年は五十だがや。この手の格闘は、もう勘弁してほしい。身が持たねエわい」

「でも、お見事な戦いぶりにございました」

「ほうかい。そりゃよかったわ」

と言って、立ち上がった。

野営地内での剣戟の音や怒号は、ひとまず鎮静化していた。

「お頭！」

大きく切り裂かれた天幕の陰から小六が覗き込んだ。抜き身を手にしている。

「おう小六、どんな塩梅《あんばい》だら？　なにがあった？」

「人数は分かりませんが、おそらく数十名、多くて百名。夜討ちをかけられてございまする」

篝火《かがりび》に照らされた小六の顔が、青褪《あおざ》めているのがよく分かる。

「相手は誰だよ？」

「さあ。でも歴《れっき》とした武士にはございました。戦装束も戦い方も、なかなかのも

「北条の残党か？」

「たぶん……や、確かなことは分かりません」

（こりゃ、殿様の不安が的中したようだのう。鉄砲隊が来てよかった）

「左馬之助をここへ呼べ。他の寄騎衆は浜田の指揮の下、周囲の警戒と損害を調べて報告せよ」

「御意ッ」

小六が会釈し、闇に消えた。

富士之介が、茂兵衛に殺された敵の面頬を取り、顔を検《あらた》めている。

「と、殿……御覧を」

「ん？」

と、振り向いてみて驚いた。横たわる武者の骸《むくろ》の顔を見れば——

「ガ、ガキではねェか！」

茂兵衛が声をふり絞った。

小六は今年二十二歳だが、ちょうど同じ年頃の若者であった。見事な戦いぶりに敬意を表して、しばし合掌した。

四

「つまり、我らは五十名規模の敵に夜襲をかけられたとゆうことか？」

「御意ッ」

浜田大吾が頷いた。

七人いる寄騎衆と茂兵衛の家臣である富士之介を一堂に集め、天幕内で善後策を練った。野営地は混乱しており、床几《しょうぎ》を出すのも大変。座るのは茂兵衛一人だけ。他の八名は立ったままで、茂兵衛をとり囲み相談している。野営地の周辺は、小荷駄担当の三人を含めて都合二十三人いる小頭《こがしら》衆が、槍足軽を率いて鋭意警戒中だ。

今になって、頭突きされた顔が猛烈に痛み始めている。寄騎たちが、茂兵衛の顔を見ないようにしている。よほど「酷い有様」になっているのだろう。

「油断してぐっすり寝入ったところを、武装した五十人に襲われたのか……危ない、危ない」

左馬之助が嘆息を漏らした。

実は、人的損害はさほどでもなかったのだ。死んだ者が二人、大怪我が三人、大規模な夜襲を受けた割には、大きな被害とは言えない。問題なのは鉄砲である。三十挺もの六匁筒《もんめづつ》を持ち去られた。

「むしろ最初から、敵の狙いは鉄砲だったと思われまする」

浜田によれば、ある程度の鉄砲を確保すると、敵は声を掛け合い、波のように退いていったという。

「だからこそ、討死が二名で済んだのでしょうなァ」

足軽から叩き上げた苦労人で、三番寄騎を務める赤羽仙蔵《あかばねせんぞう》が呟いた。赤羽の一つ上が次席寄騎の浜田大吾、一つ下が四番寄騎の植田小六、その下が五番寄騎の小久保一之進《こくぼいちのしん》だ。小久保の下に若い寄騎がさらに二人いるが、仕事を任せて安心なのは小久保まで——否、小六までだ。小久保は好人物だし、それなりに仕事も覚えたのだが、まれに「大ポカ」をやらかすから困りものだ。枢要な役目には起用し難《にく》い。口にこそしないが、四年前に遠江《とおとうみ》の草薙《くさなぎ》で奇襲を受けた折、物見として伏兵の有無を調べたのが小久保だったことを誰もが覚えている。彼の大ポカにより、茂兵衛の義弟である木戸辰蔵《きどたつぞう》は、左腕を失った。

「で、どうするよ。敵を追うのか？　ここは守りを固めて大事にいくか？」

茂兵衛が質した。

「追撃戦ですか……じきに月は沈むし、相手には地の利もある。危険です」

浜田は追撃に消極的なようだ。

「ただ」

と、遠慮がちに富士之介が口を開いた。彼は陪臣《ばいしん》である。身分的にはこの中で一番低いのだが、お頭の最側近であり、年齢も高く、騎乗も許されているということで、隊内での事実上の序列や発言権は決して低くない。

「万が一にも、盗まれた三十挺の鉄砲が謀反か一揆に使われでもしたら、殿のお立場は難しくなりましょう。言葉は悪いですが、後のことを考えれば、形だけでも追撃の姿勢を見せておく必要があるのかと」

「や、俺のことはええよ」

「よかないですわ」

左馬之助が色を作《な》した。

「お頭がこけたら、我らも皆こけることになる。是非、追撃しましょう」

「追うなら、早い方がええです」

浜田もやる気になってくれたようだ。

「分かった」

茂兵衛は頷いて床几から立ち上がった。

「小六、自薦でええから、夜目の利く者を十名選び出せ。小久保を連れて行け」

「承知ッ」

と、若者二人が駆け去った。

（こんなときに、小六の父親がいてくれたらなァ）

丑松《うしまつ》が——夜目と遠目の滅法利く弟がいれば、夜戦《よいくさ》などは苦労知らずだ。最近の丑松は、死病でこそないが体調を崩し、本多平八郎家重臣《おとな》としての家督を次男に譲って隠居し、女房の弥栄《やえ》と悠々自適の田舎暮らしだそうな。

茂兵衛の手元には、戦力として七十挺の鉄砲と九十八人の鉄砲足軽、七十人の槍足軽と三十人の弓足軽が残された。左馬之助に、二人の若い寄騎と二十挺の鉄砲隊、二十八人の鉄砲を失くした鉄砲足軽、二十人の槍足軽を預けて野営地と小荷駄隊を守らせ、他を率いて、星明りを頼りに追跡を開始した。

「や、駄目だら。松明《たいまつ》は灯すな」

茂兵衛は、夜目に自信がある十名に前を進ませ、草叢《くさむら》の中を行軍した。灯火の類は一切使わせなかった。なにせ敵には、茂兵衛隊から鹵獲《ろかく》した三十挺もの鉄砲がある。灯火を目当てに撃たれれば、味方は大打撃を受けることになる。幸い敵は逃走する際、散らばることなく東へと走ったようで、踏み分け道が草の中にはっきりと残されていた。

「これは助かりますなァ」

傍らを小走りに進む浜田が囁いた。

「散り散りになって逃げられたら、追えないところだった」

「な、大吾よ」

茂兵衛が、やはり小走りをしながら次席寄騎に質した。

「はッ」

「なんで敵は散り散りになって逃げねェんだと思う？」

「それは、やはり心細いのでしょう」

と、呑気な答えが返ってきて、闇の中で茂兵衛は苦笑した。

「敵には三十挺からの鉄砲があるんだ。追ってくる我々と一戦交えるつもりじゃねェのかなァ。ほんだで、バラけないんだとは思わねェかい？」

鉄砲隊の真骨頂は「斉射」でこそ発揮される。同じ十挺の鉄砲も、単発で十発撃ったところで大した損害は与えられない。一斉に同じ方に向けて撃つことで、相手を面で圧倒でき、断然効果も高い。

「では、この先に放列を敷いて待ち構えているとお考えで？」

「そら、確かなことは分からんが……せいぜい、気をつけとけや」

「御意ッ」

「前方とは限らんぞ。横や背後に回り込んで、撃ってくるやも知れん」

「さ、左様でございますなァ」

と、走りながら周囲の闇を恐ろしげに見回した。

（ハハハ、大吾もええ修業しとるがね）

浜田は、鉄砲百人組の次席寄騎など務めているが、年齢はまだ二十六歳だ。家柄がよく、出世が早かった。今はこうして貴重な実戦経験を積んでいる。今夜の記憶が五年後十年後に、多くの部下の命を救うことになるのかも知れない。

踏み分け道が延びる方向からすれば、賊は箱根山に向かっているらしい。目の先には、巨大な山塊が黒々と静まっている。

三島は南方には海が広がり、東の箱根山系と北西の富士山《ふじさん》系に挟まれた土地だ。振り返り、進む左背後を眺めれば、手前に横たわる愛鷹山《あしたかやま》越しに、すでに薄《うっす》らと冠雪した富士山頂が、西に傾いた月を背景としてくっきりと浮かび上がった。

箱根山は標高こそ四百八十丈（約千四百四十メートル）ほどだが、山も森も懐が深く、一揆や謀反を企む者が根拠地を設《もう》けるには、持ってこいの場所柄だ。

（その一揆潰しも、今回の俺の役目の一つとなるのだろうが）

家康はそのつもりで、鉄砲百人組をわざわざ小田原に派遣したのだ。

（だとしたら、敵に鉄砲を三十挺もくれてやったのはまずかったなァ。手前《てめ》ェの弾が手前ェに撃ち込まれるんじゃ割が合わねェよ）

と、走りながら心中で愚痴った。

左馬之助はぬかりのない男だから、野営地の周囲には張り番の兵を配置していた。今回の夜襲で討死を二名出したが、その二人とも立ち番をしていた鉄砲足軽であったそうな。ちゃんと番兵を置いていた何よりの証だ。

（だいたいがよォ。百里余りを十数日で踏破するなんぞ、そもそもが無茶苦茶なんだわ。疲れ果てた上での寝ずの番……貧乏籤《くじ》を引いた足軽は、大方、舟でも漕いでたんだろうよォ）

そこに背後から忍び寄られ、喉を掻っ切られた。

戦が少なくなって、侍も足軽も武人としての質の低下が叫ばれている。茂兵衛隊などは小田原と九戸《くのへ》で戦場を経験しているから、まだましな方だが、それでも隊内には基本的な心得を知らない若者が多い。

茂兵衛も若い頃、毎晩のように張り番を命じられたものだ。実は、眠らない心得がある。歩くことだ。足を止めないで、自分の持ち場をぐるぐると歩き続ければ睡魔とも戦える。

(へへへ、それも度を越すと、終《しま》いには歩きながら眠るようになるからなァ)

と、往時を思い出してニヤニヤした。

(そおゆう心得は、本来小頭あたりが教え込むもんだが、当節、その小頭も戦をあまり知らん。俺や左馬之助が「知っていて当たり前」という態度をとっていては駄目だら。奴らのところにまで下りていって、噛んで含めるように教え込まにゃ、若い奴は育たんわなァ)

周囲は一面の草原で、細い灌木《かんぼく》が疎《まば》らに生《は》えている荒れ地のようだ。

「なあ、大吾よ?」

「はい、お頭ッ」

「野営地に戻ったら、左馬之助と相談して……」

ドンドン。ドンドンドンドンドン。ドン。

チュン。チュイ――――。チュン。

急に斉射がきた。茂兵衛の周囲でも数名がバタバタと倒れた。

「止まれェ。その場で身を低くし、鉄砲隊は弾込めッ。弓隊は矢を番《つが》えッ」

茂兵衛が命じた。寄騎衆、小頭衆が順次復唱していく。

「どこから撃ってきた？　誰か見たか？」

「右手の小高い場所からです。火柱を見ました」

闇の中から小六の声が答えた。右を見れば、確かになだらかな丘のようになっている。距離は半町（約五十五メートル）ほどか。遠くもなく近くもない。鉄砲を撃ちかけるにはちょうどいい距離だ。

「数は？」

「正規の鉄砲隊……数十挺、そんな感じでした」

どこの家中でも、鉄砲隊は二十五挺編成が通常である。百挺編成などという茂兵衛隊の方が異常なのだ。

（盗まれた鉄砲は三十挺だ。だいたい一ヶ所にかたまって撃ってきとるんだわ。この場で一気に勝負をつけるか）

「各組、放列を敷けェ。目標右手の丘ッ。距離半町！」

茂兵衛が吼え、配下たちが復唱した。

五十挺対三十挺の撃ちあいになるが、茂兵衛にはある程度の勝算があった。

「まだ撃つなよ。次の斉射がくるのを待て、闇の中に火柱が見えたら、そこに向かって矢弾を射込め！」

「で、でもお頭……」

小六が不満げな声をあげた。彼の気持ちはよく分かる。

「黙って撃たれるより、こちらもすぐに応射すべきだ」と、考えているのだろう。確かにそれも一理ある。敵は三十挺からの鉄砲を撃ちかけてくる。距離は半町。当て頃の距離だ。下手をすると、味方は二十人以上の討死を出すことにもなりかねない。ならば「機先を制して撃とう」と考えるのが常識だとは思う。

（ただ、暗い中「右手の丘、距離半町」だけ命じ、後は山勘で撃たせてもそうそう当たるもんじゃねェからなァ）

逆に、相手の火柱を確認し、そこを狙って撃てば、茂兵衛隊の力量なら一回の斉射で相手を無力化できると確信していた。

（小六、心配要らねェよ。敵の弾は、あまり当たらねェはずだわ）

最初の斉射が来たとき、三十挺で撃たれたにしては、倒れた者は二人か三人だった。しかも弾の多くは茂兵衛隊の頭上を通過していたのだ。弾が飛び去る音で分かる。

ここから色々なことを茂兵衛は考えた。

まず茂兵衛隊の鉄砲はほとんどが六匁筒である。鉄砲隊が使う得物としては大口径の火縄銃だ。発砲時の反動が物凄い。銃口は撥ね上がるから、六匁筒に慣れていない者が不用意に撃つとだいたい目標の上に外す。

次に、夜間の目標は実際より遠くに見えるものだ。ついつい上方を狙って撃つから、弾は上に逸れがちだ。

最後に、敵は丘の上に放列を敷いている。つまり「撃ち下げ」になる。矢でも鉄砲でも「撃ち下げの場合、弾は狙いより上がり、撃ち上げの場合は、狙いより下がる」と思って放つのが心得だ。

以上の三点と、敵弾の多くが茂兵衛隊の頭上を通過したことを勘案すれば、先に相手に撃たせても大した被害は出ない――そう結論づけたのだ。その点、茂兵衛隊の鉄砲足軽たちは、六匁筒の使用に慣れている上に、夜間の射撃訓練も沢山こなしている。戦場には二回しか出ていないが、射撃訓練だけは五年十年と重ねてきたのだ。敵に先に撃たせることで、多少の被害は出るかも知れんが、この勝負、勝てると確信していた。

ドンドン。ドンドンドンドン。ドン。

半町先で三十前後の火柱が光った。

チュン。チュイ――――。チュ――――ン。

また数名は倒れたようだが、やはり多くの弾は頭上を飛び越えていく。

「百人鉄砲隊、放て――――ッ!」

ドンドンドンドン。ドンドンドンドン。ドンドン。

闇の中に白煙が濛々《もうもう》と立ち込め、轟音《ごうおん》が辺りを制した。

「目標、前方の丘! 槍隊、前えッ!」

赤羽仙蔵を先頭に、五十人の槍足軽が穂先を揃えて走り出した。

「殿ッ、拙者も一緒に」

富士之介が茂兵衛に許諾を求めた。

「おう、行け行け。手柄を挙げてこい」

「御免ッ」

と、槍を提げた大男が赤羽たちの後を追って駆け出した。

（たぶん、大丈夫だら）

茂兵衛は、槍隊の突撃を楽観していた。

（もう丘の上の鉄砲隊は壊滅しとるか、逃げ出しとるはずだわ。赤羽のええ判断だがね。それに比べて、大吾の奴はなにしてやがんだァ？　野郎は次席寄騎なんだからよォ。もう少し率先して声を出し、指揮を執らねば駄目だがね。まったく、あの馬手差し野郎は、いざとなったら使えねェ）

茂兵衛は次席寄騎の不甲斐なさに舌打ちした後、自ら鉄砲足軽と弓足軽たちを指揮し、草原の中に円陣を組ませて四方を警戒した。

五

「お頭」

背後から小六が、茂兵衛の耳に口を寄せ、小声で囁いた。

「次席寄騎の浜田大吾様、討死されました」

「な……」

振り返り、小六の当世袖を乱暴に摑んだ。

「う、撃たれたのか?」

「兜の眉庇を撃ち抜かれ、即死」

「ああ、なんてこったい」

と、忍緒《しのびのお》を緩め、兜と面頬を一緒くたにして外した。激しく喘《あえ》いで肩で息をした。大吾の最後の言葉は「はい、お頭ッ」だった。美しい妻を娶り、鉄砲隊の次席寄騎として、これから先どんな人生も歩める若者を、自分の指揮下で死なせてしまった。思えば大吾は、追撃に消極的だった。鉄砲を奪われた上役の名誉を守るために、深追いし、待ち伏せを食らって死んだのだ。

「お、俺が……殺したようなもんだわ」

「ちょっと伯父上ッ!」

小六が茂兵衛にぶつかるようにして顔を寄せ、下から睨みつけてきた。小六も決して小柄な方ではないが、茂兵衛がデカ過ぎて、目の高さは三寸(約九センチ)近くも低い。暗い中でも光るその目を見れば、小六が激高しているのがよく分かる。

「そんなこと言っちゃ駄目です!」

と、早口でまくし立てた。

「具足を着て戦場に出てるからには、誰も生き死には覚悟の上ですがね。誰が悪いとか、誰のせいとか一々言いだしたら、鉄砲隊なんぞやっとれんでしょうが」

「でもよォ。奴はまだ二十六だったんだぞォ」

不覚にも涙が頰を流れ落ちた。

「関係ねェです。運命《さだめ》ですがね。十六、十七で死ぬ奴は死ぬ！　八十過ぎても弾に当たらん奴は当たらん。浜田様だけが特別ってわけじゃねェ！」

「つ、冷たいことを抜かすな！」

「伯父上は、百人組頭《くみがしら》です。死んだ四、五人を悼む前に、まだ生きてる二百九十五人を無事家に連れて帰ることを考えるべきです」

甥と伯父の口論を止める者はいなかった。周囲の兵たちは何も言わない。咳《しわぶき》一つ聞こえない。ただ、皆が耳をそばだてていることも間違いない。

(癪《しゃく》に障るが……ま、小六のゆう通りだがや)

茂兵衛の脳裏《のうり》に「背負うた子に教えられ」との言葉が去来した。

「青島《あおしま》！」

「ははッ」

目と目が合った若い小頭に声をかけた。

「おまん、赤羽たちの様子を見てこい」

「承知ッ」

青島は、組の指揮を年嵩の足軽に委ねると、機敏に闇の中を走り去った。

赤羽仙蔵が突っ込んだ右手の丘には、やはりもう敵の姿はなかった。五十挺の斉射に倒れた十数体の骸が残されていた。五十発で十数人——少ないようだが、辺りには数多《あまた》の血だまりが残されている。大方、深手を負った者は死んだ者の倍はいるのだろう。傷ついた仲間を支え、這う這う《ほうほう》の体《てい》で逃げ去ったものと思われた。かなりの痛手を与えたことは間違いない。ただ、鉄砲は八挺を回収しただけで、二十二挺は持ち去られていた。

茂兵衛隊の損害は即死が浜田大吾他一名、重症が三人だったが、三人の内の一人は腹に弾が入っており、今はまだ意識があるものの、やがては弾が体内で腐るから、死ぬことになるだろう。これは仕方がない。

遺体と重症者を仲間が担ぎ、野営地へと戻った。

「大吾がねェ。糞ッ。こんなことがあるんだなァ」

左馬之助も落胆を隠さなかった。左馬之助は茂兵衛より三つ若いから、今年四十五だ。自分の倅のような年齢の若い寄騎の死を心から悼んでいるようだ。

「ようやっとやる気を出してきた矢先に、弾が眉間に当たるとは、皮肉なもんだがや」

大吾には弟がいるから、浜田家の家督は大丈夫だろうが、貰ったばかりの嫁はどうするのだろうか。


翌朝は、この秋一番の冷え込みとなった。実に寒い。

結局、遺体は五つになった。腹に弾を受け苦しんでいた足軽が、未明に息を引き取ったのだ。鉄砲百人組は軍隊であるから、骸をかついで行軍するわけにはいかない。遺髪と遺品を確保した後、日当たりのいい場所を選んで埋め、土を丸く盛って塚とした。茂兵衛は馬乗りと足軽で墓に差をつけない。同じような土饅頭が五つ並んだ。神仏の前では、生前の身分差などさほどの問題にはならないと確信している。

この時代、墓石を置くのは身分の高い者かよほどの偉人である。名もなき者は塚の下で朽ち果てる。浜田大吾のような下級武士も同様だ。やがて土饅頭は崩れていって平坦になり、誰もそこに遺体が埋まっているとは思わなくなる。まさに、土に帰るのだ。

（ナンマンダブ。大吾、成仏せいよ。皆も成仏せえ。迷って出るなよ！）

茂兵衛は五人の土饅頭に向かって合掌した後、仁王に跨《また》がり、百人組を出発させた。いよいよ箱根越えである。

昼前には山中城《やまなかじょう》址《し》を過ぎた。小田原攻めの後は、廃城となっているらしい。元の大手門の辺りを街道は通っていた。一柳直末《ひとつやなぎなおすえ》が討死した場所だ。

（酷《ひで》ェ戦いだったものなァ）

茂兵衛は四年前の激戦を思い出しながら、仁王を進めた。

（一柳は、秀次の付家老だった。秀次の野郎はいつも功を焦って無茶をしやがる。割を食うのはいつも配下だァ）

茂兵衛は、九戸城攻めでも秀次の指揮下にあった。秀次が上にいると、いつも悲惨な戦場となる。敵味方ともに討死の数が多く、すこぶる後味が悪い。九戸政《まさ》実《ざね》との約定《やくじょう》を反故《ほご》にしたことも含めて、茂兵衛は秀次が嫌いだった。

（あんな野郎が今や関白様だからなァ。世も末だよなァ。秀吉の方が愛嬌がある分まだましだったわ）

秀吉は、茂兵衛の顔を見れば気さくに声をかけてくれたし、秀次のように、敵との約定を反故にしたり、女子供まで皆殺しにすることは無かった——もしくは少なかったと思う。

　茂兵衛は、秀吉の指揮下で戦ったことこそないが、敵としてなら戦ったことがある。十年前の天正十二年（一五八四）、場所は尾張《おわり》の小牧長久手《こまきながくて》だ。戦った印象としては奇手秘策を用いたがる落ち着きのない采配で、そこを老獪《ろうかい》な家康に衝かれて、自分で勝手に形勢を不利にしていた。要は自滅型。あまり強いという印象はなかったのだが、後から聞いたところでは、功を焦る配下の武将の猪突猛進《ちょとつもうしん》に引き摺られて、無理な作戦指揮となっていたらしい。本来は、もう少し戦上手だとは聞いている。本能寺で信長《のぶなが》が死んだのが天正十年だから、秀吉が権力を奪取してまだ二年、政権基盤が弱く、古株の武将を強く統制することができなかったのだろう。ま、これは仕方がない。

「うう、寒いな」

　鞍上で茂兵衛は震えあがった。本日は晴天で風もなく、道も乾いており歩きやすい。だが箱根山の標高が上がるに従って気温はどんどんと下がった。文禄三年（一五九四）九月十二日は、新暦に直せば十月の二十五日に当たる。箱根山の頂上付近の気温は平地と比べて十度近くも低いから、摂氏二度か三度の寒さだ。

「馬を下りて歩くぞ」

轡《くつわ》を取る従僕に一声かけ、仁王の鞍《くら》から下りた。鞍に黙って座っていると冷え込む。対して、坂を歩いて上っている足軽や徒士《かち》武者は汗さえかいている。もっと早く馬から下りるべきだったが、お頭である茂兵衛が馬を下りると、他の騎乗身分の武士たちも馬を下りざるを得なくなる。少し遠慮があって、ついついここまで上ってきてしまったのだ。案の定、左馬之助以下六人の寄騎衆、茂兵衛の家臣の富士之介が相次いで馬から下りた。

（ま、ええわいな。奴らも鞍の上は寒かったはずだら。歩けば温まる）

そう思うようにして黙々と坂を上った。

（や、待てよ）

ふと妙案が浮かんだ。茂兵衛隊の鉄砲を奪った賊たちの根拠地は、箱根山中にあるはずだ。となれば、この寒さに震えているのは彼らも同じだろう。

（奴ら、火を焚《た》いて暖を取るはずだら）

今日は風がない。焚火の煙は真っ直ぐに立ち上るはずだ。

「おい、小六、ちょっとこい」

「ははッ」

馬の轡を従僕に預けた小六が、ガチャガチャと草摺を鳴らしながら駆けてきた。小六は四年前、小田原攻めの直前、茂兵衛たちと共に、箱根山中を八日間放浪した経験がある。山中城の敵情偵察が目的だったが、あの時の土地勘が少しは役に立つだろう。

「腹の据わった者を八人選べ。おまんを含め、三人一組で三組……隊列から密かに離れ、広く箱根山を探索せよ」

茂兵衛は歩きながら小六に命じた。要は、焚火の煙が数多上っている箇所を見つけ、報告しろということだ。そこが一揆の連中の根城と考えられるからだ。

「おそらく、我らは見張られとる。だからこのまま知らぬ顔で小田原を目指す」

小六たち三組は、茂みにでも身を隠し、茂兵衛たちが敵の見張りを引き連れて去った後、バラバラに分かれて動き出せばいい。

「山で迷わんためにはどうする？　策を三つゆうてみい」

「はッ。一つは、周囲の山の形を覚えます。二つは、高い場所に上り、この辺りなら富岳《ふがく》を見つけて方角の目途と致しまする。三つは……なんでしょう？」

「鉈目《なため》だら」

「ああ、尾根を越える度に、木の幹に傷をつけて道標《みちしるべ》と致します」

この三点はすべて、現役の猟師からの受け売りだ。遠江国は牧之原《まきのはら》の万次郎《まんじろう》、水窪《みさくぼ》の鹿丸《しかまる》、若い頃の茂兵衛と共に、山中を駆けまわった親しい仲間だ。とても懐かしい。

「明日の今頃まで探って、煙が見えなかったらもうええから、小田原城へ来い。食い物は多めに持っていけよ。鉄砲は持っていくな。荷物になる。なんぞあるか？」

「大丈夫、お任せ下さい」

「では、行けッ」

小六は一礼して、機敏に駆け去った。

鉄砲百人組は、芦《あし》ノ湖《こ》の湖畔で野営することになった。陽はまだ高かったが、昨夜はひと戦やったこと、ここまで箱根山を上ってきたことの二点を鑑み、兵を早めに休ませることにしたのだ。

ここから小田原まではだいたい四里（約十六キロ）、ほとんどが下り道だから、明朝早くに発てば、昼前には小田原城の大手門を潜れるはずだ。さすがに雪はまだなく、湖も凍っていない。標高は高いが、火を焚けばなんとかしのげそうだ。

「左馬之助、『鼻』だ。『鼻』に陣を敷くぞ」

「御意ッ」

芦ノ湖は、南北に細長い湖で、南端には「鼻」と呼ばれる半島（現在の恩賜箱根公園）が突き出ていた。半島の差し渡しは、五町（約五百四十五メートル）もある。

茂兵衛は百人組全員を「鼻」に入れ、半島の入口に鉄砲二十挺を配置、厳重に警戒させた。半島だから他の三方は湖に囲まれている。比高は十六丈（約四十八メートル）ほどもあり、もう完全に、天然の城砦《じょうさい》と言えた。

「これなら、昨夜のような夜襲に怯えんでもすむがね」

「ほうですなァ」

夕方「鼻」の高台に左馬之助と上った。一部分に薄らと冠雪した富岳が箱根山の彼方《かなた》に少しだけ見えた。半島全体が樹木に覆われており、まだ盛りではないもののチラホラと紅葉が始まっている。富岳に沈む秋の夕陽が、紅葉を一気に押し進めたようにも感じられた。

「しかし、大吾には参ったなァ」

「眉間を綺麗に撃ち抜かれとりました。あれなら苦しむ間もなかったはずで、そこだけが救いですわ」

「ほうだのう」

並んだ左馬之助の顔が、夕陽に赤く染まって見えた。右手の湖面越しには、箱根神社の赤い鳥居が窺えた。

(あれも赤、これも赤……なんでも赤だのう。最近はどうも周りが血腥《ちなまぐさ》くていかんわい)

「で、寄騎の欠員、どうします?」

左馬之助が小声で訊いた。昨日死んだ若い寄騎の後釜の話をするのは不謹慎だが、寄騎の欠員補充は重要である。避けて通れない話題だ。

「うちの小頭の中から抜擢《ばってき》するか、それとも鉄砲隊経験のある侍をどこからか引っ張ってくるかだな」

「武士」と「侍」は時代によって定義が異なってくる。戦国時代に生きる茂兵衛たちの感覚では、「武士」には徒士武者や足軽はもちろん、野伏《のぶせり》や浪人も含まれた。一方「侍」は武士のうちの上位階級者を指す印象だ。規定があるわけではないが、ざっくり「騎乗の身分」以上を「侍」と認識している。足軽小頭は徒士武者だから、武士ではあっても侍とは呼べない。

「さもなくば、若い侍を見習いとして寄騎にする？」

「それは駄目だよォ」

「ならば小頭からの抜擢が穏当でしょうなァ。古強者《ふるつわもの》がみつかりゃ一番いいが、当節、使える侍が枯渇してますから」

「徳川が、朝鮮に遣られるかどうかも関係してくるよなァ」

文禄の役は、昨年から休戦に入っている。去年までは西国の豊臣恩顧の武将が派遣軍を担ったが、このままずんなり講和になるとは誰も思っていない。いずれは東国の大名にも出兵命令が下るだろう。当然、徳川も海を渡ることになる。

「そうなったら素人は困る。海を渡って明軍《みん》と戦いながら、ガキに一から教え込むなんて土台無理だ」

「やっぱ小頭からの内部昇格がいいですよ。仕事は弁えとるし、気心も知れとりますから……青島なんてどうです？」

「悪かねェけど、パッとせんなァ」

ここで二人は押し黙った。夕陽が富岳の陰に隠れようとしている。

「ま、十日や二十日は欠員のままでやってみるさ。その間、誰かいいのがいねェか、小田原で物色してみるよ。彦左《ひこざ》にも当たってみる。どうしても古強者が見つからなかったら、そのときは、青島を馬乗りにしよう」

「御意ッ」

左馬之助は頼りになる寄騎だ。もともとは辰蔵までいたのだ。茂兵衛がこれまで配下に恵まれていたのは間違いない。

夜半過ぎ、小六以下の三名だけが戻ってきた。

茂兵衛はすでに寝ていたのだが、富士之介に起こされ、早速報告を受けることにした。

「御苦労。で、どうだった？」

左馬之助以下の寄騎衆も、寝惚眼を擦《こす》りながら、茂兵衛の天幕へと集まってきた。夜空を見上げれば、満月に少し足りない歪《いびつ》な月が、西の空に傾きかけている。

「まず、上首尾でございました」

「見つけたのだな？」

「御意ッ」

篝火の炎に照らされた小六の顔がニッと笑った。

「立ち上る煙を探せとの御下命でしたので、できるだけ高い場所を選んで歩きました。つまり、見晴らしのええ尾根を歩きました」

「なるほど」

芦ノ湖西側の外輪山《がいりんざん》の尾根筋を北に向かって歩き、長尾峠《ながおとうげ》まで行った。そこから外輪山の内外の斜面を眺めるうち、谷間から立ち上る幾筋かの煙を確認したというのだ。

「千穀原《せんごくばら》近傍の深い森にございます」

千穀原——現在の仙石原《せんごくばら》だ。茫漠たる草原や湿地が広がっている。

「ああ、我らが猟師を騙った矢倉沢《やぐらざわ》から南に一山越えた辺りだな。なんとなく覚えとるわ」

四年前の山暮らしを思い出しながら相槌を打った。

「敵は見張りを立てておりましょうし、あまり近づきはしませんでしたが、遠目には少なくとも百人前後はいたような」

「ここからどのくらい離れてる？」

「歩いた印象ですと、長尾峠までなら、ざっと三里（約十二キロ）」

「討伐しますか？」

横から左馬之助が質した。

「やるなら夜討ちがええなァ」

「では、只今《ただいま》から早速に」

「や、ちょっと待てや」

死んだ浜田大吾の「弔《とむら》い合戦だ」と、やる気満々の左馬之助を押し止め、少し考えてから答えた。

「京から半月も歩き通しだし、昨夜は戦をやった。今日は今日で、箱根山をここまで上ってきた。兵は疲れ切っとるがね。今晩ぐらいはゆっくり寝かせんと奴ら動かんぞ」

「ならば、今宵はこのまま寝かせ、明朝に叩きましょう」

「明るくなってからでは無駄足になるぞ。三百人で行ったら見張りに見つかる。我らが千穀原に着く頃には山中に四散しとるだろうさ。一応、賊の根拠地の目星はついたんだ。まずは、小田原城に入って大久保党の判断に委ねよう」

「左様ですか……分かり申した」

左馬之助は残念そうだが、小六は幾分安堵したような顔をした。茂兵衛は兵が疲れていると言ったが、敵の根拠地を捜して山中を彷徨《さまよ》った小六たちは、さらに疲れていよう。

探索に出した残りの二組も、朝までには戻ってきた。箱根山の南を探った組は手ぶらで戻ったが、最後のもう一組は、小六と同じ千穀原で賊の野営地を発見していた。どんなに疲れていても上長の命が下ればしっかり役目を果たす。従軍経験は乏しくとも、三河武士は三河武士のようだ。

第二章　箱根山《はこねやま》の山賊

一

北条氏の時代、小田原城《おだわらじよう》は「惣構《そうがまえ》」を持つ巨城であった。城の東を流れる山王川《さんのうがわ》、西の早川《はやかわ》の間、城下町全体を「惣堀《そうぼり》（空堀と土塁）」で囲い込んだ。その全長は、二里半（約十キロ）にも及ぶ。

惣構という築城思想自体は、堺《さかい》や伊丹有岡城《いたみありおかじよう》、山科本願寺《やましなほんがんじ》などにも先例が見えるが、規模において、また最大級の実戦を経たことで、今や小田原城がその代名詞となっていた。

小田原征伐後、江戸《えど》に入った家康は、江戸城の惣構を強く意識したし、秀吉が造った京《きよう》の御土居《おどい》もまた小田原城攻め以降の惣構と言える。家康にしても秀吉にしても、実際に惣構の城を攻めてみて、「ああ、これは力攻めでは落とせん城だ」と実感したのではあるまいか。少なくとも、大きな影響を受けていることは確実であろう。

ただ、現在の城主である大久保氏はわずか四万五千石だ。北条氏二百万石の拠点であった巨城を、そのままの規模で維持するのは難しかった。

当主大久保忠世は、旧小田原城の主要な曲輪《くるわ》のうち、北部の八幡《はちまん》曲論を除いた南部を中心に、周囲半里（約二キロ）余りの小ぢんまりとした城に改修している。

茂兵衛は上方への往復で幾度か小田原城下を通っていたし、大久保党の事情も知悉《ちしつ》していた。だから、城の矮小化《わいしょうか》を目にしても別段、驚くというほどのことはなかったのだが、それでも北条氏当時の巨大城郭を知る者としては、一定の感慨がなくもなかった。

（ま、こんなものだがや）

茂兵衛は、大手門に向かって仁王を進めながら心中で思った。

（四万五千石の大久保党が動員できるのはせいぜい千百人。無理をしても二千人がやっとだわ。この周囲半里ほどの城でも大き過ぎるぐらいだがね）

有事の際は、江戸に援軍を乞うて籠城するしかあるまい。忠世は小田原に来るまで、遠州二俣城《えんしゅうふたまたじょう》の城主を務めた。茂兵衛とも因縁浅からぬ二俣城は、天竜《てんりゅう》川《がわ》を天然の水堀に使った堅固な山城である。あそこなら千人でも守れただろうが、小田原城は平城だから、防衛にはよほどの人数が要るはずだ。

「むしろ、背後の八幡曲輪に拠った方が守りやすそうだがなァ」

と、傍らで馬を進める左馬之助に話しかけた。

忠世が縄張《なわば》りした今の小田原城は、北部の八幡曲輪より十丈（約三十メートル）ほども低い。あれでは「攻めやすく守り難《にく》かろう」と考えたのだ。

「ほうですなァ」

左馬之助がのんびりと答えた。

「ただ、改修した城は、どこの土塁にも石垣が使われとる。虎口《こぐち》の桝形《ますがた》も立派なもんだ。この城、かなり銭はかけてますぜ」

「ほうだのう」

忠世は、家康をしのぐ倹約家だ。たっぷりと銭を溜め込んでおり、「大久保党は内福」とよく周囲から羨《うらや》ましがられていた。城は、石垣や見上げるような巨大石で飾られており、確かに見映えがした。

さらには、大ぶりな二層の天守が聳《そび》える本丸の三方を二の丸が囲み、さらに二の丸の三方を三の丸が囲んでいる。いわゆる「梯郭式《ていかくしき》の城」で、昨今流行《はや》りの縄張りだ。こちらも城外から見上げれば、視点が天守へと収斂《しゅうれん》するから、かなり見映えがする。

「城の役目も、随分と様変わりしとるからなァ」

茂兵衛が溜息をついた。

ほんのここ十年か十五年で、山城は「無骨で古臭い中世の城」と見なされるようになった。実質的な防御力よりも、見映えと、政庁としての機能性、交通の利便性などが、より重視されるようになってきている。そういう風潮を念頭に置いて、忠世の「小ぢんまりとした小田原城」も語らねばなるまい。

忠世は、二の丸御殿内の書院で養生していた。彼はまだ当主のままで、隠居していないが、事実上の政務は今は江戸にいる嫡男《ちゃくなん》の忠隣《ただちか》が執っている。倅《せがれ》に少しだけ遠慮して、本丸を譲ったのかも知れない。

すぐ死ぬ、いま死ぬ——と、言われる割には元気そうで、身を起こし、布団の上に座っていた。大久保藤の家紋が金箔で描かれた黒漆塗りの長櫃《ながびつ》を後方に置き、それに背をあずけている。目が虚ろで、息が深く、やはり少し辛そうだ。

「こうした方が楽なんだわ。横たわると、そのまま死んでしまいそうで怖いからのう、ハハハ」

と、痩《や》せこけた顔で寂しげに笑った。

「や、まだまだ長生きしてもらわんと。殿様が心配しておられましたがね」

茂兵衛が励ました。

「そうゆうてもなァ」

老人が首筋を掻いた。忠世は今年で六十三歳だ。父親の忠員《ただかず》は七十二歳まで生きたから、どうも年齢で父を越えることはできなさそうだ。

「なんぼなんでも、そろそろあかんわ。もうガタがきとる」

「そんな、お気の弱いことを」

「ただ、ま、後悔はねェよ。酷《ひで》ェ戦場《いくさば》に幾度も出たし、傷も負ったが、なんだかんだで還暦過ぎまで生きられた。大久保党を大名にまで押し上げたしな。へへへ、ワシの人生『頭叩いて喜《さかやき》ばにゃ』だわなァ」

と、お道化《どけ》て、己が月代をペチンと叩いた。

「ハハハ、蓋《けだ》し名言ですな」

会話は途切れ、気まずく二人は押し黙った。ややあって、忠世の方が先に口を開いた。

「で、殿様はワシになにをさせたくて、おまんを寄越したのか？」

「なにをって……そりゃ、お見舞いに参りましたがね」

「たァけが。嘘をこけ。そんな話、美し過ぎるがね」

忠世、死にかけていてもなおアクが強い。癖が物凄い。

「正直、ワシは昔からずうっと、おまんの悪口ばかりを殿様に吹き込み続けてきたんやぞ」

（おいおいおいおい）

「ワシとおまんが仲違いしとることぐらい、殿様は先刻御承知よ」

（昔からずうっと悪口って……そうだったんかい。酷ェもんだわ。ま、七郎右衛門様ならやりかねん。そういうお人柄だがや）

さすがに茂兵衛も凹んだが、少し角度を違《たが》えて考えてみた。

（それでも、殿様は俺を重用し続けて下さった。重臣《おとな》の陰口にも耳をお貸しにならなかったってこったァ。やっぱ俺、殿様には義理があるのかなァ）

「そのおまんを死にかけてるワシのところにわざわざ寄越したからには、なんぞ生臭ェ用事があるはずだわ」

「はてさて、用事でございまするか？」

と、惚《とぼ》けてみたのだが、どうせ忠世は誤魔化せない。蔑んだような眼差しで茂兵衛を睨んでいる。

（そうゆう目で睨むのは止めんかい）

「ええから、ゆうてみりん」

「はあ、では……一つ殿から言われたことがございました。大坂《おおさか》方の消息の出所は誰か、聞いて来いと命じられ申した」

「豊臣とワシとの繋ぎ役は誰か、そうゆうことか？」

「え、ま、左様です」

ここで忠世は間をおいた。少し考え、やがて語り始めた。

「そりゃ、幾つもあるよ。糸も道も一本ではねェ。数多《あまた》の繋ぎ役から聞いた話を総合した上で実相を摑み、殿様にお伝えしておる」

小さな情報を積み上げて全体像を摑む。量を集めて質に昇華させる。情報戦とは蓋し、そういうものかも知れない。

「なるほど」

「例えば、駿府《すんぷ》の中村一氏《なかむらかずうじ》殿だわな」

一氏は、秀吉が若い頃からの家臣で、小田原征伐後、関東に移った家康に代わり駿府城に入った。駿河《するが》一国、都合十四万石を領有し、徳川への睨みを利《き》かせている。もし豊臣と徳川が手切れとなり開戦となれば、西軍の先鋒を務めるのは中村一氏であり、東軍の先鋒は大久保忠世、あるいは倅の忠隣が務めることになるのだろう。いわば両名は、最前線の指揮官同士なのである。

ただ同時に、大久保と中村の両家は、箱根山を挟んでの隣同士でもある。近所付き合いも大事で、それなりに親しくせねばならない。

「ほんだで仲良くしとるのだがね。孫平次《まごへいじ》殿とは差し障りのない範囲で、互いの家の事情などを交換することも多い」

ちなみに、孫平次は一氏の通り名である。

「それ以外にもあちこちに……例えば京にも大坂にも繋ぎ役はおるぞ。こちらは秀吉公の側近衆だわ」

「どなたです？」

「それは言えんわいな。口の軽いおまんが喋り、噂が広まると先方が豊臣家内で立場を失くすからのう」

否々、茂兵衛は決して口が軽い性質《たち》ではない。

「でも、心配は要らんよ。倅に……忠隣に引き継ぎは全部済ませてある」

「新十郎様《しんじゅうろう》に？」

新十郎こと大久保忠隣は現在、江戸にいる。家康の嫡男、秀忠の側近を務めているのだ。忠世が、倅の力量不足に不安を感じているのは事実だが、次代の徳川家当主である秀忠の側近くに送り込めているところは、たぶん、忠世の政治力、あるいはごり押しなのだろう。倅にのみ大事な豊臣家内部の情報源を明かし、家康にすら伝えないのは、少しでも倅の立場を強くしておきたいと願う親心と茂兵衛は見た。

「おまんは殿様に、今ワシがゆうたことを、そのままお伝えすればそれでええ。殿様はおまんと違って敏《さと》いお方だから……」

（いちいち俺を引き合いに出すな。馬鹿扱いするな。この死にぞこないがァ！）

さすがに心中で毒づいた。

「すべてを即座に理解され、今後は新十郎から話を聞こうとされるはずだわ。な、それですべて丸く収まる」

「はあ。分かり申した」

と、内心で忠世の毒気に辟易《へきえき》しながらも平伏した。

「お頭《かしら》！」

「よお、彦左！」

背後からの呼びかけに、救われる思いで振り返った。聞き覚えのある懐かしい声だ。満面の笑みを浮かべた大久保彦左衛門《ひこざえもん》である。嬉しそうに広縁から書院へと上がってきた。

「山賊に襲われたそうですな」

「山賊？　あれは素人《しろうと》じゃねェわ。歴《れっき》とした北条の残党だァ」

「確認したのですか？」

「そうではねェが……俺ァ兜《かぶと》武者ととっ組みあったが強かった。もう少しで殺《や》られるところよ」

「それはおまんが老《ふ》け込んで、弱くなっただけではねェのか？」

忠世が冷笑しながら憎まれ口を叩いた。

（ああ、その通りだがや。ゼーゼー息切れしたがね。でも俺はまだ、あんたと違って死にかけてはいねェわ）

またもや心中で毒づいた。

「怪我人がやけに目立つもんで、左馬之助に訊いたら、夜襲を受けたってゆうから驚いて」

彦左と左馬之助は、茂兵衛隊の寄騎として、数年間同じ釜の飯を食った仲だ。

「次席寄騎が討死したそうですね」

「ほうだがや。眉間に一発よ」

「あちゃあ……」

彦左が顔を顰《しか》めた。

「悪いことに、鉄砲を二十二挺奪われもうした」

「鉄砲隊一組分か……相当な火力だがや」

忠世が嘆息した。往時の鉄砲隊は、だいたい二十五挺である。

茂兵衛は忠世に向き直った。

「これは、それがしの失態ですので、なんとか『山賊』を退治し、鉄砲を奪還しようと思うとります」

「簡単ではねェぞ。どこに隠れておるのやも知れん。箱根山は広い。見つけ出すのも一苦労だわ」

「実は物見を放ち、奴らの根城らしき場所を見つけたんですわ」

「ほう」

と、兄弟揃って食いつき、身を乗り出した。やはり箱根山の山賊は、大久保党にとって頭痛の種なのだろう。

「千穀原《せんごくばら》を御存知で？」

「ああ、芦《あし》ノ湖《こ》の北だら。あそこに隠れておったか」

忠世は彦左と見交わし、幾度も頷いた。

「茂兵衛、もし山賊を叩く気なら、早い方がええぞ。奴らちょくちょく塒《ねぐら》を替えやがる」

「ほうですか。実は七郎右衛門様、殿がそれがしを遣わしたもう一つの用件が、たぶんこれなんですわ」

「山賊退治か？」

「ま、殿様は北条の残党による一揆を想定しておられました。この際だから叩いておけと……はい」

「この際か、ハハハ。確かにワシが死んで、城内がゴタついてるところで一揆を起こされるとまずいわなァ。彦左、おまん、茂兵衛に助太刀してやれや」

「もちろん！」

「茂兵衛、槍足軽三百でええか？」

「ありがたいです。十分でございます」

「ならば両名とも、疾《と》く発《た》て」

「はあ、でも……」

小田原訪問の名目は、医者から「死期が近い」と宣告された忠世の見舞いである。もし山賊討伐中に死なれでもしたら、死に目に会えなかったら、家康から叱られそうだ。

「心配要らん。おまんらが戻るまでは断じて死なん。石に齧《かじ》りついても生きておる。もう一度だけ、植田茂兵衛殿に憎まれ口を叩かにゃ、死んでも死にきれんがね、へへへ」

「な、ならばお言葉に甘え、一仕事《ひとしごと》片づけて参りまする」

と、毒舌の元上役に一礼して腰を上げた。

二

翌日の早朝、小荷駄隊を残し、戦闘部隊の全員——鉄砲隊と弓隊、槍隊を連れて、小田原城を出発した。その数、およそ二百人。大久保側からも彦左が率いる槍足軽隊三百人が同道してくれたから、都合五百人で「千穀原の山賊」を退治する計画だ。

「なかなか一網打尽とはいかんですよ」

轡《くつわ》を並べて馬を進めながら、彦左が茂兵衛に顔を寄せて囁《ささや》いた。今日の彦左は、紺糸縅《こんいとおどし》の具足《ぐそく》を着込み、桃形兜《ももなり》に小ぶりの日月の前立《まえだて》を設《しつら》えた戦 装束《いくさしょうぞく》だ。地味で目立たず、実用本位である。多くの実戦を生き抜いてきた強者《つわもの》なら、チャラチャラとした目立つ甲冑《かっちゅう》は選ばないものだ。

「奴らも当然、見張りは立てておりましょう。五百人が攻めてきたら、戦わずに山中で散り散りとなって逃げる。拙者ならそうします。踏み込んでも、塒はもぬけの殻かも知れませんぜ」

「ほうだら。散り散りになられるのはまずいがね」

「ならば、どう攻めます？」

「上手くいくのか分からんが、一応、俺の策はこうだ……」

と、茂兵衛なりの策を小声で伝えた。

小田原城から西へ一里（約四キロ）、山崎《やまざき》付近で道は分岐していた。早川の流れに沿って北西に行く道は、箱根の北方を通って大沼鮎沢御厨《おおぬまあゆざわのみくりや》（現在の御殿場《ごてんば》市）に至る道。南西に行く道は東海道《とうかいどう》で、芦ノ湖へ向かって箱根山を上っていく。茂兵衛たちが昨日、下ってきた道だ。茂兵衛隊と彦左隊は、東海道には向かわず、早川沿いに進んだ。四半里（約一キロ）と少し歩くと、さらに分岐があり、両隊はここで分かれることにした。

「八挺の鉄砲と鉄砲足軽、小頭《こがしら》一人を貸す。使ってくれ」

「かたじけない」

これで鉄砲百人組の鉄砲数は七十挺にまで減ったことになる。百挺からすれば三割減、通常の鉄砲隊のざっくり一組分が減った計算だ。ただ、彦左隊にも鉄砲は必要だろう。

「明朝、陽が上ると同時に始めてくれや」

「委細承知ッ。長尾峠《ながおとうげ》でお会いしましょう」

「彦左、無事でな」

無事でな――互いに武人同士、いわずもがなとは思ったが、茂兵衛は三日前、若い寄騎を一人亡くしている。やはり気になり、余計な声をかけてしまった。

「ハハハ、お頭こそ御無事で」

茂兵衛と彦左は、手を振って笑顔で分かれた。

彦左隊は、そのまま大沼鮎沢御厨方面へと向かう。茂兵衛隊は湯坂路《ゆさかみち》と呼ばれる古い山道に入った。鎌倉期に整備された東海道の脇往還である。道は浅間山《せんげんやま》を経て鷹巣山《たかのすやま》を過ぎ、箱根の斜面をどんどん上っていき、最終的には芦ノ湖の東端に至り、東海道と合流した。わざわざ湯坂路を選んだのには理由《わけ》がある。人家もなく、旅人も少ない。東海道に比べて寂《さび》れている。幾通りかある箱根越えの路の中で、もし山賊が見張りを疎《おろそ》かにするとしたら、おそらく「湯坂路だろう」と考えたからだ。なにしろ、山賊が徳川の襲撃に気づくのが、遅ければ遅いほどいいのである。

茂兵衛は足軽たちの体力温存に気を配った。冬場によく走り込み、剽悍《ひょうかん》な徳川武士団の中でも持久力抜群な鉄砲百人組だが、先月末に京を発って以来、歩き通しの半月だ。これから山賊退治をさせることを思えば、あまり無理はさせたくない。急がぬようにゆるゆると坂道を上り、休憩も十分にとり、陽の沈む頃、芦ノ湖畔へと到着した。

湖に突き出た半島の「鼻」に入り、野営を始めた。一昨日泊まったのと同じ場所で、ここなら安全である。篝火《かがりび》を多く焚《た》き、兵たちは早々と、各自で背負ってきた筵《むしろ》に潜り込んで眠った。

夜の八つ(午前二時頃)過ぎ、茂兵衛隊は音もなく起床した。各小頭たちが小声で配下の足軽たちを起こして回る。

今宵は十四日の月である。明日は満月だ。今夜もほぼ夜通し、大きな月が夜空にいてくれる。山中でも手元足元に不安は少ない。

静かに身支度を整えると、篝火に薪《まき》をくべる役の数名とすべての軍馬を残し、野営地を後にした。茂兵衛以下、全員が徒士《かち》だ。

茂兵衛隊は、芦ノ湖西側の外輪山《がいりんざん》を北上する。草摺《くさずり》や当世袖《とうせい》を細紐で縛り、ガチャガチャと不要な音が出ないように工夫した。月明りこそあるが、夜目の利く者を各組に配置して坂を上った。

すぐに尾根筋に出た。ここから先は尾根伝いに芦ノ湖北方の長尾峠までいく。二里半(約十キロ)ほどの山道だが、小六の報告と四年前の茂兵衛の記憶を掘り起こしても、さほどの難所はない。稜線歩きが続くはずだ。

右手には芦ノ湖が黒々と静まっている。後方には今発ってきたばかりの「鼻」が望まれた。篝火が赤々と燃え、時折は八頭の軍馬の気配も伝わるから、まるで二百人近い軍勢が今も野営し、高鼾《たかいびき》で眠っているように感じる。

（へへ、上手い具合だがや。敵の見張りが騙されてくれるとええが）

つまりは陽動だ。上手くすれば、山賊側の見張りが茂兵衛隊の夜間行軍を見過ごしてくれるかも知れない。

さらに左手前方には富岳《ふがく》が聳える。箱根の外輪山の尾根筋からだと、富岳までの間に遮る山はない。つまり裾野から頂上まで、一望できるのだ。

（高いだけじゃねェや。つくづく、デカい山だよなァ）

西に傾きかけた大きな月に、やや後方から照らされた巨大な山塊――茂兵衛はそのあまりの大きさに一抹の恐怖さえ感じた。

稜線に大木は生《は》えておらず、笹と灌木《かんぼく》に覆われている。その中を一本踏み分け道が北へと延びていた。だいぶ明るい。振り返って見れば、背後を歩く富士之介の表情までがよく分かった。

「なにか？」

「や、なんでもねェわ」

長く仕えてくれている忠臣に手を振って答え、前に向き直って歩を進めた。

茂兵衛はもう一度、これからの手筈《てはず》を頭の中で反芻《はんすう》してみた。

まず、夜明け前に長尾峠に着くことが大前提だ。次に、鉄砲と弓、槍の混成部隊を三組作る。だいたい一組当たり、鉄砲二十挺、弓十張り、槍二十人で五十人余りの編成となるだろう。その三組に現在六人いる寄騎を二人ずつ配置する。左馬之助と赤羽仙蔵と小六が三組それぞれの指揮を執る。

（五十人の指揮は、小六にはまだちと重荷だがね。今回は鉄砲と弓と槍を適宜に動かさなきゃだから余計に厄介だァ。俺は、小六の組に同道しよう）

心中の声が「そんなだから、人が育たんのだわ」と茂兵衛を叱ったが、そこは小六に花を持たせて、茂兵衛は後ろ楯として、陰から支えれば、なんとか面子《メンツ》を潰さずに済むだろう。

東の空が白々と明け始めた頃、茂兵衛隊は長尾峠に着いた。東側の眼下に薄ぼんやりと白く広がるのが千穀原である。その周囲は黒々とした森に囲まれていた。目を凝らして眺めたが、森の上空のどこにも煙が立ち上っている様子は見えない。小六が煙を見たのは一昨日のことだ。とても寒い日だった。今日はさほどに冷え込んではいないが、それなりに寒い。眠るときはとくに、焚火が欠かせないように思える。

（まさか、もうすでに塒を替えたのではあるめェなァ）

小田原城から軍勢が出て、箱根を目指しているのを察知し、いち早く姿をくらませたとも考えられる。

「おい、植田小六を呼んでこい」

近くの足軽に小声で命じた。若い足軽は茂兵衛に一礼し、機敏に笹藪の中を駆け去った。小六はすぐに駆けてきた。

「お頭、お呼びで」

「煙は、どの辺りから上ってたんだら？」

「千穀原の北というか……向かって左側です。あ、少しだけど、今も上がってますね」

と、彼方《かなた》を指さした。

「へ？」

指し示す方を真剣に凝視したのだが、やはり見えない。

「おまん、見えるか？」

小六を呼びに行った若い足軽に質《ただ》した。

「へェ。黒い森の上に、白い煙が五、六筋ほど」

足軽の横で小六が頷いている。

「うん、よう見た。確かに五、六筋だわ」

茂兵衛が目を擦《こす》りながら頷いた。本当は見えていないのだが、二人の若者がそういうのだから間違いなかろう。ここで、お頭が加齢により視力を落としたことを配下に開示する必要はあるまい。否、むしろこれから始まる小戦《こいくさ》に悪影響をもたらしかねない。

(一時的なことかも知れねェしなァ。それに、俺の目のことより、山賊がまだ同じ場所に居たことの方が重要だら。逃げてなくてよかったァ)

森の中で散り散りに逃げられたら、捕捉するのは難しい。

「よし、小六御苦労。配置に戻れ！」

「御意ッ」

小六は去ったが、茂兵衛の周囲には微妙な空気が流れた。

(嫌だなァ。目、歯、まらの順番で衰えるそうだが、いよいよ目にきたかァ。次は歯か？　そして最後は……ま、参ったなァ)

邪念を振り払おうと頭を上げて息を吸った。東の彼方、箱根山の主峰である神《かみ》山《やま》と早雲岳《そううんだけ》の輪郭が、朝焼けの空を黒々と切り取って見える。

茂兵衛は、六人の寄騎衆と富士之介を集め、簡易な軍議を開いた。

「ええか。彦左隊が千穀原から森に分け入り、こちらへ山賊どもを追い上げてくれる。追われた山賊は、ここ長尾峠を越えて箱根山の外に逃げようとするだろう。ほんだでワシらは、ここと、ここと、ここに放列を敷いて待つ……」

茂兵衛は、地面に描いた地図の尾根三ヶ所を、采配の先端で軽く叩いて指し示した。

この戦、要は「巻き狩り」なのである。猟師が仲間と組んで、熊や鹿、猪などの賢くて大きな獲物を狩る場合に用いる猟法だ。二手に分かれ、一隊は勢子《せこ》として獲物を峠や谷筋に向けて追い込む。別の一隊は先回りして射手《いて》として待ち構えている。逃げて来た獲物に銃弾を浴びせて撃ち獲る。射手が獣《けもの》の逃走路の読みさえ間違わなければ、かなり確度の高い猟となるのだ。もちろんこれも、牧之原《まきのはら》の万次郎や水窪《みさくぼ》の鹿丸から仕入れた知識だ。

「でも、どうして、そこの三ヶ所に上ってくると思われるのですか？」

赤羽仙蔵が茂兵衛に訊いた。

「山は広いです。少し見当が違っていただけでも弾は届きません」

「ま、そうだわなァ」

巻き狩り猟にも当然、失敗はある。巧妙に射程外の場所を通って逃げ切られることを、猟師たちは「抜けた」「抜けられた」と呼んで悔しがるだけだ。なす術《すべ》はない。

「ただな。まず彦左は長尾峠に俺達がいることを知っている。ここに向けて山賊を追い立ててくれるはずだ。それに……」

追われた獣が斜面を上るとき、必ずと言っていいほど、楔形《くさびがた》になった谷底を伝い上ってくるものなのだ。なにせ楔形である。両側の壁が迫り、それが身を隠し守られているように感じるものらしい。この手の地形を山城の施設に転用したのが竪堀だ。

「人も同じよ。この三ヶ所の持ち場は、竪堀のようになった斜面の窪地を見下ろせる位置に決めてある。確度は高いと思う。もう一つあるぞ」

火縄銃の有効射程は半町（約五十五メートル）ある。三組が展開し、相互に一町離れて布陣すれば、幅三町に亘り射撃が可能だ。

「絶対ではねェが、なんとかなるよ。もし『抜けられ』たら……改めてまた追い直すまでのことだがや」

と、茂兵衛が笑い、軍議は散会となった。

三

三隊はそれぞれ一町ずつ離れて、稜線に布陣した。

上ってくる山賊に気取られないように、音を出さぬこと。不用意に頭を出さぬこと。物や石などを落とさぬことの三点を徹底させた。

小六隊は、一番北側、千穀原に向かって左側を受け持った。

東の空がだいぶ明るくなってきた。そろそろ夜明けである。茂兵衛はどちらかと言えば暑がりだから、秋の尾根に吹く冷涼な風は心地よい。これが山賊退治などの役目ではなく、皆で弁当など広げたらどんなに楽しかろうと思う。

その時——半里（約二キロ）ほど下方から間欠的《かんけってき》な鉄砲の音と、鬨《とき》の声が湧き上がってきた。銃声はいわゆる「勢子鉄砲《せこてっぽう》」であろう。彦左が打ち合わせ通りに山賊を追い出しにかかっているのだ。にわかの朝駆けに、山賊どもは大童《おおわらわ》となっているはずだ。

「な、小六よ」

「はい？」

放列の背後で、茂兵衛が小六に囁きかけた。

「じきに、正面の山の端《は》から陽が上るぞ」

「あ、陽に向かって撃つことになりますね」

「ほうだがや」

「陣笠《じんがさ》を目深《まぶか》に被らせろ。朝陽を長く見るな。しばらくは見えんようになるぞ」

小六は、すぐに気づいて相棒の小久保一之進に小声で命じた。

「それとな。かなりの撃ち下ろしだから弾は伸びる。気持ち下を狙うことを忘れるなと皆に伝えろ」

「ははッ」

小久保は頷き、自分で各小頭を回ってその旨を囁き伝えた。

(へへへ、なんだ、結構ちゃんとしとるがね)

茂兵衛から言われたことだけでなく、自分なりに注意点を付け足した。なかなかいい傾向である。小久保もその場で声を張って命令せず、自分で回って直に伝えているところがいい。

小六は、父親の丑松から溺愛されての坊ちゃん育ちだし、小久保はどこか夢見勝ちで、仕事に抜かりが多い。「こいつら、大丈夫か?」「やっぱ戦場で鍛えねばあかんなァ」と左馬之助ともども心配したものだが、案ずるより産むが易しで、なんとかなっているようだ。

やがて朝陽が完全に顔を出し、千穀原を照らし始めた。下からの勢子鉄砲が徐々に斜面を上ってこちらへ近づいてくる。

「植田様ッ」

「え？」

「ん？」

小声で呼ばれて、茂兵衛と小六は同時に返事をした。今回、小久保一之進が呼んだのは小六だろう。茂兵衛にならば「お頭」と呼びかけるはずだ。

小久保が指さす斜面の下から、数頭の鹿が姿を現した。待ち構える鉄砲隊に向かってどんどん駆け上ってくる。秋なので、頭に巨大な角を戴く牡鹿《おじか》たちだ。放列の直前、十間（約十八メートル）まできたところで人の存在に気づき、慌てて方向を変え、斜面を横に走り始めた。

（ええでねェの。鹿でさえ十間近づくまで気づけなんだ。人ならもっとだわ）

小六指揮の鉄砲隊が、しっかり身を隠せている証だろう。

「鹿、追われてる感じでしたよね」

「うん」

おそらく鹿たちが逃げていたのは山賊衆からで、その山賊を追っているのは彦左隊であろう。

「もうすぐ、人が出るぞ」

「御意ッ」

と、小六は答えて指を舐め、風向きを調べた。大丈夫、朝陽に暖められた千穀原の大気が斜面を這い上ってきている。こちらの火薬の臭いが斜面の下方に届くことはまずない。音も伝わり難いはずだ。待ち伏せの条件は整っている。

「一之進、火蓋《ひぶた》を切らせろ！　私の命あるまで決して撃たせるなよ。指を引鉄《ひきがね》にかけさせるな。暴発させた奴は、両耳を削《そ》ぐぞ！」

「ははッ」

小六の指揮ぶりはなかなかのものだ。命令も詳細で具体的、不安を感じさせない。無論、耳を削ぐのはやり過ぎだが。

「おまん、どこの時点で発砲を命じるつもりか？」

「どこって……十分に森から離れたところで撃たせます」

「おう。それでええ」

笹原は尾根から半町（約五十五メートル）下ったところまでで、その下は真っ黒い森だ。敵が姿を現したときに慌てて斉射してしまうと、次弾を撃ちかけるまでに、初弾で倒せなかった山賊たちは背後の森へと引き返してしまうだろう。森の太い立木の陰に隠れられると、弓鉄砲などの飛道具は使い難い。結局、槍足軽を突っ込ませざるを得ないこととなり、こちらにも損害が出る。敵が森から離れるのを待ち、十分に引き付けてから斉射を浴びせるのが心得だ。

今出るか、もう出るか、と山賊たちが上ってくるのを待ったが、なかなか姿を現さない。ジリジリしながら待ち続ける。斜面の下からは、相変わらず彦左隊の鉄砲と鬨の声が湧き上がってくる。

「おい小六、同士討ちはいかんぞ。ちゃんと山賊か彦左隊かを見極めてから撃たねばな」

「御意ッ。でも……」

「でも？」

小六を睨みつけた。戦場で上役の命に対して「でも」とか「しかし」は禁句のはずだ。

「あれでしょう。山賊は寝込みを襲われたのですから、甲冑を着込んでる暇はなかったと思われますする。要は、裸武者が多いはず。大久保隊と見間違えることはまずないのかなと」

この場合の裸武者とは、具足下《ぐそくじた》や籠手《こて》などの小具足《こぐそく》だけで、甲冑を身に着けていない武者との意である。

「ま、そうだな。確かにそうだら」

少し鼻白んだ。言われればその通りで、心配過多だったのかも知れない。

（目は悪くなる。斬り合うと息が上がる。心配性で若い奴らに任せきれない。俺アもう……爺《じじ》ィなんだわなァ）

繰り返すが、茂兵衛は再来年に五十歳になる。

「出た！」

小久保一之進が小声で呟《つぶや》いた。

右手の斜面、黒い森から十数名の武者が姿を現した。確かに甲冑は着ておらず、具足下に籠手だけはめている者が多い。大方、槍と籠手だけを摑んで逃げ出し、逃げながら着込んだのだろう。まさに落武者の風情だ。千穀原から長尾峠までの比高は三百丈（約三百メートル）もある。彼らは、その高度差を一気に駆け上ってきたのだ。疲労と虚脱感が、遠目にもよく伝わった。敵の数はどんどん増え、五十人ほどにもなった。

「放てッ」

右手一町（約百九メートル）彼方から、聞き慣れた左馬之助の声が流れてきた。

ダンダンダンダン。ダンダンダンダンダン。

見れば、中央に陣取った左馬之助隊が斉射を開始している。濛々《もうもう》たる白煙が尾根筋に立ち込めて物凄い。敵は、左馬之助隊と小六隊のちょうど真ん中に出現した。やや左馬之助隊の方が近いぐらいか。半町は、狙って撃って当てられる距離だ。バタバタと裸武者たちが倒れていく。

小六が、茂兵衛を急《せ》かすように睨みつけた。黙って頷いたと同時に——

「放てぇッ！」

満を持して、小六が吼《ほ》えた。

ダンダン。ダンダン。ダンダンダンダン。

二十三挺の六匁筒《もんめづつ》の銃口から火柱が走り、白煙が立ち込める。

「次弾込めッ」

すぐに小久保が命じた。

「弓隊、放てッ」

小六が再び吼えた。

ヒョッ、ヒョン、ヒョッヒョン。

十本の征矢《そや》が半町先の敵に射込まれた。

「次の矢、番《つが》えッ！　各自次々放てッ！」

火縄銃は次弾の装塡に時がかかる。便利な早合《はやごう》を使っても、十呼吸（約三十秒）する間に一発撃つのが限界だ。その点、弓は次々と射ることが可能である。二呼吸（約六秒）する間に一射なら十分に可能だ。つまり鉄砲の五倍の回転率で、鉄砲の次弾装塡までの間を繋ぐことができる。鉄砲隊には弓隊が必要なゆえんだ。

ダンダンダンダン。ダンダンダンダン。

左馬之助隊が次弾を斉射した。また、山賊たちがバタバタと倒れる。

「鉄砲隊ッ、放てッ」

ダンダンダン。ダンダンダンダンダン。

小六隊の斉射が山賊たちを薙《な》ぎ倒した。左右から都合百発ほどの鉛弾を浴び、山賊は半数近くにまで数を減らしたが、最後の力を振り絞り、鬨の声をあげつつ斜面を駆け上がり始めた。左馬之助隊と小六隊の間の尾根を越え、箱根山の外に逃げ出す目論見のようだ。

「鉄砲隊、構えッ」

そうはさせじと、血相を変えた小六が命じるのを聞いて、茂兵衛は慌てた。

「撃ち方止めッ。火蓋閉じろ。同士討ちになるがや。小六ッ、弓だ！　まず弓隊を使えッ」

茂兵衛が吼えた。左馬之助隊と小六隊は、一町（約百九メートル）離れて稜線に布陣している。互いに山賊を撃てば、その内の幾発かは味方の陣にまで届いてしまうだろう。その点、弓なら、半町先を狙って放った矢が、敵をすり抜けて一町先の味方まで届くことはない。

「弓隊ッ、放てッ」

ヒョッ、ヒョン、ヒョッヒョン。

左馬之助隊も、鉄砲は沈黙した。これでいい。茂兵衛は、背後を振り返った。槍足軽が二組二十名、それぞれ古株の小頭に率いられて待機している。

（よっしゃ、ここは一つ、年寄りの冷や水で行ったるかァ）

「槍隊、ワシに続けやッ！」

と、一声叫んで、従僕から持槍《もちやり》を引《ひ》っ手繰《たく》り、茂兵衛は駆け出した。

「あぁッ、伯父上、いけません！」

背後で小六が悲鳴をあげた。植田家の家臣である富士之介と徒士《かち》二人、従僕二人とともに笹藪の中を走りに走った。

（小六の野郎、大方、寿美辺りから「茂兵衛も若くないから、無理をさせないでほしい」とかなんとか、因果を含められたのだろうさ）

ただ、こうして走り出したからには、もう止まらない。

（山賊どもは二十人かそこら、こちらは二十八名だら。こちらは具足を着込んどるが、相手は裸武者……こりゃ、楽勝だがや）

さらには、山賊の二十人の内の幾人かは、矢弾を受けた怪我人である。もちろん、茂兵衛の槍隊は無傷だ。

「敵は裸武者だァ。なにも槍で刺さんでええ。殴りつければ簡単に倒せる。さあ、お手柄の挙げ放題だがやッ」

と、叫んで、槍隊の先頭に立ち、笹藪の中で身を寄せ合い、槍衾《やりぶすま》を作る山賊の中へと突っ込んだ。

ダダンッ。

走りながら槍を振り上げ、振り回し、揃った槍衾の穂先を数本まとめて薙ぎ払った。槍衾は、穂先が揃ってこそ威力を発揮する。乱れの間隙を衝いて、富士之介が敵の中へと躍り込んだ。

「富士、でかした！」

巨漢が槍を闇雲に振り下ろし、敵を叩きながら前に進む。

「えいさッ」

ガシャッ。

水平に薙いできた菊池《きくち》槍が、茂兵衛の兜の錣《しころ》を叩いた。首の骨が外れたかと思うほどの衝撃だ。菊池槍は、穂先が短刀風になった槍で、長刀《なぎなた》のように振り回しても使える。ただ、「刀で甲冑は斬れない」ものだ。反射的に左手で槍の胴金を摑んだ。相手は三十前後の大柄な男で、具足下に両籠手をつけただけの出立ち。槍を摑まれ、恐怖に顔が歪んでいる。

「心得を知らん奴は死ぬわなァ」

と、低く呟きつつ、右手一本で槍を男の腹へと突き刺した。男は具足を着けていないから、茂兵衛の槍は、まるで豆腐に串を打ったように、抵抗なく背中まで突き抜けた。

「ぐへッ」

たぶん、腹の太い血の管でも破ったのだろう。男は、口から二尺（約六十センチ）も血を噴いて笹藪の中に崩れ落ちた。

「お頭、助太刀致す！」

尾根から赤羽仙蔵が率いる新たな槍隊二十数名が駆け下ってきた。これにて勝負あり。満身創痍《まんしんそうい》で抵抗していた山賊たちの顔から生気が失せた。

四

四半刻（約三十分）ほど経った頃、斜面下の森がザワと揺れ、ゆっくりと彦左隊が姿を現した。

「お頭、お見事でございまする！　や、祝着、祝着にござる！」

彦左はよほど嬉しかったのだろう、破顔一笑し、上機嫌で茂兵衛に駆け寄ると肩をポンポンと幾度か叩いた。

尾根筋まで逃げ上ってきた五十人ほどの山賊を、茂兵衛隊はほとんど討ち漏らすことなく退治した。槍を捨てて降参すれば、命ぐらいは助けてやれただろうに、誰一人として槍を捨てる者はおらず、仕方なく全員に止めを刺した。徹底抗戦——その敢闘精神たるや天晴《あっぱ》れだ。

森の中に身を隠し、幾人か逃げ延びた者もいたにせよ、たかだか数人だ。茂兵衛隊が奪われた二十二挺の六匁筒も彦左隊により十九挺が回収された。三挺は未だ不明だが、ま、そのぐらいなら大勢に影響はなかろう。山賊たちは、未明に塒を急襲され、鉄砲どころではなく、命からがら逃げ出したのだろう。もう箱根山の山賊——北条家の残党による一揆勢力——が、大久保党の深刻な脅威となることはあるまい。彦左が大喜びしたゆえんである。

（なんだかんだゆうて、俺ァ大久保党には世話になっとる。七郎右衛門様を含めて、少しでも御恩返しになったのなら、それはそれでええことだがね）

茂兵衛は満足であった。

「お頭、実は小田原の兄貴に、ええ土産《みやげ》ができたんですわ」

「ほう、なんなら？」

「おい、連れて来いや」

彦左に促されて、大久保家の郎党二人が駆け去り、やがて大柄な男を連行してきた。四十少し前か、鼻筋が大きく突き出たいわゆる「鷲鼻」で、目つきが鋭い。細紐で幾重にも縛り上げられ、ブラブラと不貞腐《ふてくさ》れた様子で歩いてきた。

（おッ、山賊大将か？）

高価そうな錦の具足下を着用している。ま、首領級なのであろう。便宜上、山賊呼ばわりしているが、どうみても元は北条家の重臣と思われた。

どこか、卑怯で狡猾《こうかつ》な印象――あまり好きになれない。

（ああ、ほうだら……鴉《からす》に似とるんだわ）

茂兵衛隊が全滅させた兵たちは、最後の最後まで戦い、雄々しく死んでいった。敵ながら立派だった。ところが、おそらくは大幹部であろうこの男は、おめおめと生き恥を晒している。茂兵衛は、男に嫌悪感すら覚えた。

「こいつが有名な、風魔小太郎《ふうまこたろう》ですがや」

彦左が茂兵衛に一歩近づき、小声で耳打ちした。

「ほう、こいつがかい」

風魔小太郎は、北条氏に仕えた乱破《らっぱ》、素破《すっぱ》、隠密の元締めである。徳川家で言えば服部半蔵のような存在か。風魔氏は、極めて好戦的な一族で、小田原征伐の折も、最強硬派として、和睦派の筆頭者であった北条氏規《うじのり》の命をつけ狙っていたと聞く。事実、遠州草薙《くさなぎ》で、北条氏規を護送する隊列を襲ったのは風魔一族だと茂兵衛は睨んでいる。辰蔵が左腕を失くした、件《くだん》の事件だ。

「風魔殿、今回は衆寡敵せず。残念であったのう」

「いやいや。まだまだこれからでござるよ」

年齢と体軀に似合わず、細く甲高い老婆のような声だ。縛られ、地面に引き据えられていながらも不敵な笑みを浮かべた。若干の薄気味悪さを感じる。

「これからって……貴公は最早、北条家の家臣ではない。山賊の棟梁よ。これから小田原に連行され、首を刎《は》ねられて晒されるんだ。強がりを申されるな」

「それは残念だなァ。植田茂兵衛殿？」

茂兵衛を見上げて、ニヤリと笑った。

「な……」

初対面の相手から名を呼ばれ、一瞬は焦ったが、自分の兜の前立は「田」の一文字で風変わりだ。率いているのは、鉄砲を百挺も備えた異様な鉄砲隊である。

（ま、偶《たま》さか知っとっても、別段不思議はあるまい）

と、自分で自分を納得させた。

「木戸辰蔵殿は息災か？　左腕は不憫なことをしたが……実は、ワシもあの折、弟を亡くしてのう」

(辰の腕のことを知っとるということは、草薙での襲撃はやはり風魔の仕業だったってこったァ。でも、弟ってなんだ?)

「あの折、舌を噛んで果てた大男がおったろ? アレは、ワシの実弟の小五郎《こごろう》であったのよ」

(ああ、おった、おった。思い出したわ)

辰蔵が撃たれたときのことだ。確かに樵《きこり》を装った男が、氏規を殺そうと飛びかかり、茂兵衛と格闘になった。かなりの膂力《りょりょく》で、苦戦させられたのを覚えている。取り押さえられた大男は、自ら舌を噛んで果てたのだ。

「奴は勝手に自死したんだ。俺のせいじゃない」

「ワシとは同腹でな。気の合う弟さ。この気持ち、丑松殿のいる貴公なら分かってくれるだろうと思ってな」

「なにが言いたい? おまんの弟が死んだらどうだってんだ? 俺が怖がるとでも思ってんのか?」

「ハハハ、や、単なる老婆心さ。辰蔵殿にしっかりしてもらわねば、松之助《まつのすけ》殿もさぞやお困りになるだろうと……」

「糞がッ」

辛抱堪《たま》らず茂兵衛は小太郎に駆け寄った。身を屈めて胸倉を掴み、睨みつけた。

「口を閉じてろ！　さもなくば、生きたままその耳を削いでやるぞ？」

先ほど小六が用いた表現を思い出して吼えた。

「へへへ、死体から首級《しゅきゅう》を獲るのも嫌がる臆病者に、そんな酷いことができるのかな？」

バチン。

思わず手が出た。平手で小太郎の左頬を強《したた》か叩いたのだ。縛られ、動けない捕虜を叩く――武家として恥ずべき行為だ。

（この野郎、どこまで俺の内情を知ってやがんだ？）

「一姫二太郎かァ？」

小太郎が、憎々しげに茂兵衛を見上げて冷笑した。

「むしろ寿美殿と綾乃《あやの》殿に全部正直に話してさ。松之助殿を嫡男として迎え入れてはどうだな？」

「御免ッ」

彦左が茂兵衛を突き飛ばすようにして、小太郎との間に割って入った。

「おい、お頭を脅してるつもりなら、あてが外れるぞ」

と、彦左は小太郎に顔を寄せて睨みつけた。松之助に関する深い事情を、彦左が知るはずもないが、妻子の名まで出された茂兵衛が、脅されていることは明白だった。

「今のおまんは囚われ者、風魔は壊滅……今さら何ができる？　お頭の身辺を調べて多少は物知りのようだが、全て無駄だ。もう風魔は終わりよ」

「それはどうかな？」

小太郎が冷笑した。

「色々な風魔がおるぞ。甲冑を着けて森に潜み、一揆を煽動するのも風魔。人の海に紛れ、密かに短刀を研《と》ぐのもまた風魔である」

「生き残りが、まだおると言いたいのか？」

彦左の後方から茂兵衛が質した。

「虚勢ですよ。虚勢に決まってる」

吐き棄てるように彦左が茂兵衛に応じた。

「もそっと頭を使え彦左衛門忠教《ただたか》」

「ほお、今度は拙者を脅しにかかる気か？」

小太郎から本名を呼ばれた彦左が苦笑した。

「なあ、お前や茂兵衛の内情をワシはよう知っとるだろ。誰がそれを調べたと思う？　最前、お前らが討ち取ったあの剛毅な武者たちが、そんな消息を調べたとでも思うのか？　そんな器用な連中に見えたか？」

「ね、お頭？」

彦左は、小太郎の言葉を無視して、茂兵衛に振り向いた。

「もう小田原に引っ立てるまでもねェ。この糞野郎は、この場で首を刎ねちまいましょうや」

そう言うなり、彦左は立ち上がり、腰の刀をスラリと抜いた。

「や、彦左、彦左、ちょっとまてよ……相談しよう」

と、朋輩《ほうばい》の袖を引き、少し小太郎から離れた。

「野郎は尋常じゃねェ。誰も知るはずがねェことをなんでも知ってやがる。こういう本物の悪党はちと……やばい。俺ァ苦手だァ」

「だから、この場でバッサリと」

「いやいやいや。殺してえのか。殺さねェで色々聞きだした方がええのか。その判断すら俺にはつかねェ」

「野郎は風魔の頭目だァ。それを殺して何が悪いんですか？」

「蛇は頭を落としても、体は動くぞ。風魔の根を残したら厄介だろ？」

「そ……」

彦左は、小太郎に振り返った。目が合った小太郎が、ニヤリと笑った。

「へ、蛇ねェ……言い得て妙だわ」

今年で三十五になった三児の父が、嘆息を漏らした。

「ええか。ここは七郎右衛門様にお知恵を借りよう。ここでは殺さずに、やはり小田原城まで引き立てるんだ。悪党は悪党同士、この野郎の扱いにええ思案が浮かぶやも知れねェ」

「確かに兄貴なら……でも、死にかけてますからねェ、へへへ」

「大丈夫、俺が戻るまで死なねェって言ってたよ、ハハハ」

頭脳にはあまり自信のない武辺者二人が、寂しげに微笑《ほほえ》みあった。ただ、このままでいるのも不安である。小太郎は、茂兵衛の家族の名まで出して脅してきているのだ。なにか手を打たねばなるまい。

「おい、小六！」

「ははッ」

すぐに一歩前に進み出た。顔が幾分青褪《あおざ》めている。茂兵衛と虜囚の遣り取りを傍で聞き、不安を募らせていたようだ。

「おまんはな。この足ですぐ江戸へ戻れ。俺の家来五人全員を連れて行け」

小六の当世袖を摑み、声を潜めて命じた。

なにしろ風魔一族は危険だ。妻子はおろか妹の家庭の事情にまで通じている。寿美や辰蔵らに禍《わざわい》がもたらされてはいけない。茂兵衛自身、すぐにでも妻子の元へ帰るべきところだが、今はお役目中だ。それに、主人家康からの預かり物である寄騎や足軽衆を、私用で使うわけにはいかない。小六と自分の家来たちを江戸に帰すことにした。小六も寄騎ではあるが、同時に正真正銘の甥だから、ま、大目に見てもらおう。

「本多佐渡守《さどのかみ》様に事情をお報せした上で、屋敷の守りを固めろ。辰蔵一家は、俺が帰るまで俺の屋敷内で暮らさせるんだ。なにしろ一族を分散させるな。目が行き届かなくなる。一ヶ所に集めて護れ」

「御意ッ……伯父上」

小六が茂兵衛の籠手を摑んだ。

「伯母上と綾乃殿、辰蔵叔父御一家、私が、身に代えてもお護り致します」

「おう、頼んだぞ」

最近の小六の成長ぶりには、目を見張るものがあるし、江戸の植田屋敷には、冷静沈着な家宰の鎌田吉次《かまたきちじ》以下、人材は十分だ。もちろん、寿美は腹が据わった女で、危急の折には信頼がおける。

小六と富士之介が元来た稜線の道を小走りに帰っていった後、彦左と左馬之助と三人で、小太郎の護送方法について密談した。

「で、どちらの道で帰ります？」

左馬之助が茂兵衛に訊いた。芦ノ湖まで戻って東海道を下ると六里半（約二十六キロ）はある。このまま千穀原に下りて、早川に沿った道を辿れば五里弱で済む。

「できれば野営はしたくねェな。千穀原に下れば、なんとか今日中に小田原城に着けるだろうさ。道はずっと下りだしよォ」

茂兵衛は、風魔小太郎とその一族を極度に警戒していた。最前、主力は壊滅させたはずだが、生き残った者が夜陰に乗じ、首領である小太郎の奪還を図ろうとするやも知れない。草薙での襲撃は忘れられないし、あれだけこちらの内情に通じている相手だ、恐れるのは当然である。

「彦左、千穀原への道はどうだ？」

「や、道なんぞねェですよ。鬱蒼《うっそう》とした森が広がってるだけです。繁った下草を掻き分け掻き分け、ここまでやっと上ってきたんだから」

文禄《ぶんろく》三年（一五九四）九月十四日は、新暦に直せば十月の二十七日だ。林床はまだ藪に覆われており歩き難い。彦左はさらに続けた。

「それに坂は急で、下りは特に危ねェ……あまりお勧めしませんな」

その点、茂兵衛隊が来た道は、距離こそ長いが歩き難い箇所はない。

「ならば、今朝来た道を戻るか？　芦ノ湖の『鼻』で一泊になるなァ」

「あそこは守りやすいし、一晩ぐらいなんとかなりますよ」

と、左馬之助が勇気づけてくれ、彦左も同調するので、一行は千穀原に下りるのを諦め、芦ノ湖畔で一泊する道を選択することにした。この半月、移動と戦の連続だ。兵が疲れ切っているのは確かで、一日で小田原城まで駆け下る強行軍よりこちらの方が穏当だろう。

「よしッ。出発せェ」

「出発ッ！」

「出発！」

茂兵衛の号令を、寄騎衆と小頭衆が次々と復唱し、一行は動き出した。朝、歩いた尾根筋を、逆方向に辿って芦ノ湖を目指す。

左馬之助指揮の鉄砲百人組本隊が先行し、次に、茂兵衛と彦左が三十人の槍足軽を別途に率いて風魔小太郎を護送する。最後尾を行く大久保党の槍足軽隊三百人が後方を警戒した。

総勢は五百の精鋭だが、細い山道を長く一列になって歩くのは危うい。茂兵衛は左馬之助に命じて、隊列の前後左右に幾組かの槍足軽の小部隊を哨戒《しょうかい》させた。

無論、道はないから、つらい藪漕ぎとなる。

風魔小太郎は、後ろ手に縛られた上、腰紐を二本回し掛けられ、茂兵衛の前を歩いている。茂兵衛は、その紐の端を膂力自慢の足軽二人にそれぞれ握らせた。万が一、小太郎が逃げようとしても二人を同時に引き摺るのは難しかろう。

「ね、お頭?」

後方を歩く彦左が声をかけてきたので、茂兵衛は振り返った。二人の足軽大将は目配せをして歩みを止め、道から少し逸れて立ち話を始めた。

「風魔の残党……ま、本当におるのかどうか分からんが、小太郎の奪還に動きますかね?」

「どうだかな……や、なにも奪還に来るばかりとは限らんぞ」

「どおゆうことです？」

「殺しに来るかも知れねェ。口封じにな」

「まさか。自分たちの大将を口封じですか？」

彦左が小首を傾《かし》げた。

「襲撃してくるのは風魔一族とは限らんがね。小太郎を恨んでる奴、邪魔に感じてる奴、ただただ嫌いな奴、色々といるだろうからなァ」

「ま、好かれる性質ではなさそうですなァ」

「ほうだら」

「最前の様子だと、お頭は小太郎から大層恨まれておいでのようだが……奴とは初対面でしょ？」

「四年前、俺が捕縛した野郎が舌を嚙んだのよ。それが奴の弟だったらしいわ。襲ってきたのは向こうで、勝手に死んだんだ。逆恨みなんだよ」

と、唾を笹藪に吐き棄てた。

「ね、お頭……面倒臭ェから」

彦左が身を寄せ、茂兵衛の耳に囁いた。

「やっぱりこの辺で殺っちまったらどうです？　さっきの蛇の喩えだけど、首を刎ねられた蛇、最初は動いてても、いずれ死ぬでしょ？　風魔も同じだと思うんですけどねェ」

「まあなァ……どうするかなァ」

結局のところ、この場では殺さずに、小田原城まで連れて行くことに決まった。左馬之助も同意である。それほど、得体の知れぬ風魔小太郎が恐ろしかったということだ。

五

昼前には、芦ノ湖の「鼻」に着いた。ここから小田原城までは四里（約十六キロ）ほど、しかもずっと下りだ。

「今から発てば、日暮れ前には小田原に着ける」

茂兵衛としては、小太郎を拘束したまま露営するのは、どうしても気が進まない。危険に思えてならない。

「しかし、お頭」

左馬之助は足軽たちの、別《わ》けても鉄砲足軽隊の疲労を心配し、今夜はここに泊まるべきだと主張した。

「御提案なのですが」

そこに彦左が割って入った。

「半月も歩き通しの鉄砲足軽衆と違い、拙者の槍足軽たちは元気です」

皆、小田原城下に住んでいるわけで、今朝未明、自分の長屋から、女房に見送られて出て来た者が殆《ほとん》どだ。さらに、勢子が役目だったから大した戦もしていない。死傷者は皆無だ。

「もし風魔が襲撃してくるにしても大人数ではない。ならば二手に分かれて、拙者の隊は小太郎を連れ、これからすぐに小田原へと下る。百人組はここに露営して一晩鋭気を養うのはいかが？」

「そら、ええなァ」

小太郎の口ぶりからしても、風魔の武者衆は長尾峠の戦いで、あらかた討死しているはずだ。生き残った隠密衆がいかに精鋭揃いでも、明るい中、完全武装の槍足軽隊三百人を襲うことはできまい。

「俺も小太郎にくっついていく。野郎は油断がならねェからなァ。左馬之助、おまんに百人組の指揮を任せる」

「承知ッ」

初め、鉄砲百人組の馬乗り身分は、富士之介を入れて九名だった。浜田大吾が討死にし、小六と富士之介が去り、今また茂兵衛が去る。残り五人で二百人の足軽たちを統率せねばならない。しかも若い二人は経験不足で、あまり大きな期待はできない。

「大変だろうが、一つ頼むわ」

「若い寄騎は兎《と》も角《かく》として、うちは小頭衆がちゃんとしとるから。心配は御無用ですがね」

左馬之助が、日焼けした顔に白い歯を見せて笑った。

実は彼の言う通りで、人材は馬乗り身分より、むしろ小頭衆にこそ多い。

それには事情がある。そもそも鉄砲百人組の寄騎職は、なかなか人気があるのだ。就任希望者が多い。鉄砲隊の出来《でき》如何《いかん》で戦の勝ち負けが決まる時代だし、討死率が圧倒的に低いことも特に母親層からは支持されている。危険な場所に鉄砲隊を配置し、もし攻め込まれたら、虎の子の鉄砲が敵の手に渡ってしまいかねない。百挺もの鉄砲が鹵獲《ろかく》されたら一大事なので、家康も激戦地には百人組を置かないはずだ。と、どこの親もがそう考えているらしい。

（たァけ。そんなことあるかいな）

茂兵衛は苦笑した。

（一番危ねェ場所には、うちが最初に投入されるがね。そして最後の最後に走って逃げてくるんだわ。それが鉄砲百人組ってもんよ。殿様を舐めるな。そんな甘いお方ではねェ）

茂兵衛が冬場に足軽たちを徹底的に走らせるのも、このことがあるからだ。茂兵衛隊の討死者が少ないのは事実だが、それは安全な場所で戦っているからではなく、逃げ足が速いからだ。

そうとは知らない名士たちは、伝手《つて》を使って我が子を百人組の寄騎に送り込んでくる。結果、若い寄騎衆は誰もが、育ちのいい名門の子弟ばかりになるのだ。性格はいいし、教養もあって申し分ない若者たちだが、実際に戦場で使えるかどうかは別問題だ。その点、小頭の半分はできのいい足軽から、茂兵衛自身が抜《ばっ》擢《てき》した徒士武者である。武士になれたことを誇りに思っているし、もともと優秀だったから抜擢されたわけで、親や親戚の伝手で就任した寄騎衆よりも、断然使い物になる男が多くなる道理だ。

「善は急げだ。すぐに発ちましょう」

彦左が急かした。

「な、彦左よ」

「はい？」

「もちろん、隊の指揮はおまんが執れよ。俺は客分として、風魔小太郎から目を離さねェからな」

「ではお言葉に甘えて、そうさせて頂きます」

厳密に言えば、身分は茂兵衛が上だ。禄高は三千石と千五百石で、彼我には倍の差がある。彦左は通常の足軽大将だが、茂兵衛は巨大な鉄砲隊を率い、侍大将に準じる地位だ。本来なら茂兵衛が指揮を執るべきところだが、寄騎の名前と顔が一致しないような者が口を出すべきではないと分別した。下手に出しゃばると指揮系統に乱れが生じ、いざというときに思わぬ不覚を取りかねない。

「槍隊、出発ッ」

彦左が采配を頭上で振り回すと、彼の寄騎や小頭たちが大声で復唱した。復唱の声は順送りで、一町半（約百六十四メートル）彼方の最後尾まで瞬時に伝わった。なかなか規律がとれ、気合の入った足軽隊である。彦左が足軽大将としても有能なことは、こんなところからも見て取れる。

彦左は、茂兵衛に槍足軽を二組二十名と小頭二人、寄騎を一人付けてくれた。全体の指揮は自分が執り、風魔小太郎の護送を茂兵衛に一任することで、役目を分担した。これなら、彦左の体面も茂兵衛の面子も立つ。実に妙案だ。

小太郎は、北条時代こそ歴とした物頭《ものがしら》だったが、今は山賊の首領に過ぎない。護送も馬になど乗せない。後ろ手に縛られた上で歩かされている。二人の屈強な足軽に紐を握られており、逃げるのは難しい。周囲を二十人の槍足軽が取り囲むようにして護送隊は進んだ。

(歩かせるのはええなァ。馬に乗せると、周囲の足軽から首一つが出る。鉄砲で狙いやすくなるもんなァ)

確かに、これなら足軽の体に邪魔されて撃ち難そうだ。

「木村仁兵衛《きむらじんべえ》と申しまする。よろしゅうお願い致しまする」

茂兵衛に貸し出された寄騎が馬を寄せてきた。いかにも槍隊の寄騎といった風情の剽悍そうな、肩幅の広い男である。やはり槍隊は接近戦、格闘戦を専《もっぱ》らとするから、寄騎も筋骨隆々たる武辺が選ばれやすい。この男もなかなか強そうだ。

ただ、年齢は若くない。茂兵衛に近い。四十半ばといったところか。

「貴公、彦左とは長いのか？」

轡を並べて進みながら木村に訊いた。

「小田原攻めの直前でございました」

もう四年、一緒ということだ。

「その前は……実は鉄砲隊におりまして」

「ほう。なぜ槍に宗旨替えした？」

「植田様には、申し上げ難いのですが……」

「気にせず言えや」

「御存知の通り、鉄砲隊の寄騎は手柄を挙げづらく。槍隊の方がいいかな、と」

鉄砲隊の場合「誰の弾が、誰を倒したか」が証明し難い。鉄砲隊全体の武勲にはなっても、個人の手柄とはなり難いのだ。その点、槍隊であれば、倒した相手の首級を持って来るのだから、手柄が証明されやすい。出世もしやすい。

「で、手柄は挙げられたのか？」

「それが……肝心の戦がのうなりまして、はい」

「ハハハ、うちの古株たちも、よう零しとるわ」

秀吉の天下となり、惣無事令《そうぶじれい》が出され、戦はなくなった。平和を喜ぶ者が多い反面、出世し損なった腕自慢の中には、残念がる者も多かったのである。その筆頭が左馬之助だ。

ただ、わずかな会話を通じて、木村が率直で朗らかな男であることはよく伝わった。この年齢なら戦場の経験も随分と積んでいるはずで、まずは信頼してよさそうだ。出世が遅れているのは、決して「阿呆だったから」ではなく、鉄砲隊の寄騎が長かったせいだろう。

茂兵衛隊は往路で、人目につき難い湯坂路を選んだが、今回は東海道を下るので幾分早い。大澤坂《おおさわざか》の辺りで、前を行く彦左が引き返してきた。

小太郎に聞かれないように気を配りながら、茂兵衛に耳打ちした。

「隊列の前後を広く偵察させとるんですが、やはり怪しいのが幾組かおるようですなァ。百姓や杣人《そまびと》が四、五人で寄って歩いとる。うちの足軽を見ると、姿を消すらしいですわ」

「総勢で幾人ぐらいかな？」

「五人で三組としても十五人、その程度でしょう」

「ふ〜ん……」

十五人で正面から襲ってくることはなかろうが、風魔一族がまだ壊滅していないことも確かだ。

「おい、木村殿」

「ははッ」

小太郎の傍らを進んでいた木村仁兵衛が、茂兵衛に振り向いた。

「どうせ小田原で首を刎ねるんだ。もしなんぞあったら、容赦なく刺し殺せ。ええなァ」

「承知ッ」

「ワシも承知じゃ」

黙って歩いていた小太郎が茂兵衛に振り返り、ニヤリと笑った。

（つくづく、薄気味悪い野郎だぜ）

「木村はどうです？」

彦左が茂兵衛に囁いた。

「どおって……信頼がおけそうだら」

「気に入られたのなら、お譲りしますよ」

「え、いいのかい？」

茂兵衛隊は次席寄騎を失った。小六以下の四人は、経験に欠ける若者だ。もしかつて鉄砲隊寄騎の経験があり、数多の戦場を知る木村が来てくれれば、願ったり叶ったりだ。

「でも、どうして手放す？　なんぞ問題でもあるんじゃねェのか？」

鉄砲隊寄騎に限らず、戦場を知る古強者《ふるつわもの》は、目下どこの隊でも引く手数多である。戦が減っている上に、徳川の所領は倍近くにも膨張した。新規の召し抱えが増え、人材不足なのだ。番頭《ばんがしら》や物頭は、木村のような優秀な配下を軽々に手放したりはしない。

「問題ってなんです？」

「寝小便の癖があるとかよォ」

「馬鹿らしい」

と、彦左が苦笑した。少し考えていたが、やがて口を開いた。

「敢えて言えば、年齢ですわ」

彦左は、前を行く木村に聞こえぬよう、小声で呟いた。

「木村は今年四十五でね。まだまだ元気だが、槍隊の寄騎には体力の面で少しつらくなってきたのかなと」

大戦《おおいくさ》ともなれば、槍武者は丸一昼夜《まるいっちゅうや》、飲まず食わずで戦うことも珍しくない。鉄砲隊は移動が激しく駆け足も多いが、その点、木村は騎馬武者だから問題にならないのだ。

「ま、鉄砲隊の寄騎なら、そうそう白兵戦を続けることもねェし」

「なるほど」

彦左は、木戸辰蔵、浜田大吾と相次いで次席寄騎を失った茂兵衛が、新たな人材を求めているのを知っている。親切心から若干衰えの見える木村を斡旋してくれたものと推察できた。茂兵衛にとってはありがたい話である。

「一つお願いなんですが、新参者とはいえ、木村はかなりの戦歴を重ねている。若い寄騎の下役ってのは勘弁して下さいよ」

「ああ、もちろんだ。左馬之助の下か、その下かで処遇するよ。木村の出自は？」

「遠州侍です。有力国衆の郎党から徳川の直参《じきさん》になりました。長く馬乗り身分でしたから、できれば次席寄騎でお願いしたいです」

「承った」

と、彦左に会釈した。

年齢は、現在の次席寄騎である赤羽仙蔵の一つ上である。赤羽は百姓から足軽になり、足軽小頭を経て馬乗り身分に昇格した。生まれながらの侍身分である木村を上に据えるのが穏当だが、事実上の格下げになる赤羽が拗《す》ねるやも知れない。

(赤羽との兼ね合いだけが難しいかな。他は好条件だわ。左馬之助と赤羽と木村を呼んで酒でも飲もう。赤羽の上に据えるか、下に置くか、そのとき決めればええわいな)

右手、木々の彼方にチラチラと、青い相模湾《さがみわん》が遠望できた。沖合には白い波濤《はとう》も見え、海上は多少時化《しけ》ているらしい。

第三章　陰鬱《いんうつ》な世相

一

夕方遅く、まだ陽のあるうちに、小田原城《おだわらじょう》が見えてきた。鉄砲百人組を率いて城門を出たのは昨日早朝だったから、茂兵衛は、ほぼ十八刻（約三十六時間）の間、一度も具足《ぐそく》を脱いでいない。露営の間も、夜襲に備えて兜《かぶと》も面頬《めんぼお》も着けたまま床几《しょうぎ》に腰かけていた。しかも、京《きょう》から百里（約四百キロ）の長旅を続けてきた果ての山賊退治だ。さすがに疲れ果て、仁王の上で舟を漕ぎ、幾度か鞍《くら》から転げ落ちそうになった。

（百人組を芦《あし》ノ湖《こ》に置いてきてよかったわ）

茂兵衛は朦朧《もうろう》とした頭で思った。

（俺は仁王に運んでもらってるからまだええが、足軽たちは手前ェ《てめ》の足で歩いてるんだもの。たまらんよなァ）

城に着くと、彦左は風魔小太郎を即座に地下の牢屋へと押し込め、槍足軽三組を牢番として配置した。

茂兵衛は兜と面頬だけを外し、具足のままで、欠伸《あくび》を嚙み殺しながら忠世の書院へと向かった。

「な、おまんが戻るまで生きとったろう」

忠世は、昨日よりもさらにやつれていた。もう座るのが辛いらしく、布団に仰臥《ぎようが》している。首だけを捻り、茂兵衛を見て嬉しそうに、顔を皺《しわ》くしゃにして笑った。

「お手柄だったなァ」

茂兵衛と彦左が、代わる代わる山賊退治の顚末を報告すると、今はもうだいぶ小さくなった往年の団栗眼《どんぐりまなこ》から、一筋の涙が流れ落ちた。

「これでしばらく一揆は起きまい。安心して死ねる。南妙法蓮華経だわなァ」

日蓮宗を信仰している忠世は、小田原城下に大久保姓から二文字を取った大《だい》久寺《きゆうじ》という寺を創建し、自得院日英《じとくいんにちえい》を招いて住持《じゆうじ》としていた。死んだ後は、この寺に墓を建て、大久保一族の繁栄を見守るそうな。

「兄者、風魔小太郎をどうすべきかのう？」

彦左が瀕死の兄に訊いた。忠世は黙って天井を睨んでいたが、やがて――

「そのまま地下牢に押し込めておけ。自死せぬようにちゃんと面倒は見ろよ。半年のうちに風魔一族の方が必ず動く。奪還に来るようなら皆殺しにせよ。取引を持ち掛けてくるようなら、話を聞いて是々非々で対応せよ。どうせもう奴らは死に体だァ。茂兵衛の家族も含めて、そう心配は要らねェさ」

忠世に言われると、本当に心配無用な気がしてきた。

「それから、木村仁兵衛のことじゃが、お頭《かしら》の百人組に引き取ってもらうことになったがや」

「あ、そらよかった……茂兵衛、一つよろしゅう頼むわ」

と、少し微笑《ほほえ》んで目配せした。あの不尊で強気な忠世が郎党の身を案じている。茂兵衛の目頭がじんわり熱くなった。

「兄者、生きとるかァ？」

広縁で大きな声がして、裃《かみしも》姿の大久保忠佐《ただすけ》がのっそりと入ってきた。今は流石《さすが》に老いたが、大久保党随一の槍の名手で、忠世には弟、彦左には兄、茂兵衛とは朋輩《ほうばい》の仲の好漢だ。現在は上総国《かずさのくに》茂原《もばら》で五千石の領主に収まっている。茂兵衛の領地がある夷隅《いすみ》の五里（約二十キロ）北だ。

「茂兵衛、おまん、箱根山《はこねやま》の山賊を退治したそうだら」

「ほうですがね。彦左と一緒にやっつけもうした」

忠佐は現在、江戸城《えどじょう》に詰めている。秀忠の側にはいつも嫡男《ちゃくなん》忠隣と忠佐が、本拠地の小田原には当主忠世と彦左がいて、それぞれ大久保党を代表していた。

「この四人でおると、二俣城《ふたまたじょう》攻めや小諸城《こもろじょう》の頃を思い出すのう」

忠世が懐かしそうに呟《つぶや》いた。茂兵衛は忠世の指揮下で、武田《たけだ》側の依田信蕃《よだのぶしげ》が籠《こも》る二俣城を攻めたし、件《くだん》の上田《うえだ》合戦では真田《さなだ》父子相手に大敗を喫した。

「長久手《ながくて》の戦《いくさ》で、土饅頭のような小山を占領したろ。殿の大馬印《おおうまじるし》を立てた……あれはなんとゆうたか」

「富士《ふじ》ヶ根《ね》」

彦左が答えた。

「ほうだら。あの頃は、茂兵衛の面《つら》を見ると無闇に腹が立ってのう、喧嘩ばかりしておったなァ、ハハハ」

「や、その節は御無礼致しました」

と、慌てて頭を下げた。具足を着用しているので、平伏はできない。

(ま、七郎右衛門様とは、ええことも悪いことも色々あったが、今となっては、どれも懐かしい思い出だがや)

「おい、茂兵衛も彦左も、具足を脱げや。寛《くつろ》げんだろうが」

「いやいや、このままで結構ですわ」

「ええから脱げって。その方が楽だがや」

「ほうですか……では、失敬」

彦左を窺うと頷くので、二人して甲冑《かっちゅう》を脱ぎ、具足下《ぐそくじた》と小具足《こぐそく》だけになった。褥《しとね》に胡坐《あぐら》をかくと、確かに随分と楽になった。

「あ、ほうだら。茂兵衛がおるなら、是非ゆうとかねばならんことがあるがや」

「なんですか?」

「だからさ……」

そう言ったなり忠世は押し黙ってしまった。瞬《まばた》きを繰り返しながら天井を見つめている。

「世間では、大久保家が四万五千石に抑えられたのは、豊臣家に近過ぎるワシを殿様が警戒したからと噂されとるらしいのう」

「や、そんな噂は、寡聞にして聞いた覚えがございません」

――大嘘である。事実、酒席では皆が囁《ささや》いていることだし、茂兵衛の印象では、家康自身もそう思っているはずだ。彦左と忠佐が居心地悪そうに、月代《さかやき》の辺りを指で掻いたり、天井を見上げたり、もぞもぞとし始めた。

「あれは大嘘だら。そもそも、結城様は別格として……」

結城秀康は下総国《しもうさのくに》結城《ゆうき》で十万一千石の大封を与えられたが、彼は家康の実子である。

「十万石以上は井伊《いい》と本多と榊原《さかきばら》だけ。その次が大久保家だがや。酒井《さかい》家も、鳥居《とりい》家も、平岩《ひらいわ》家も、殿の婿の奥平《おくだいら》も、皆、四万石以下よ」

「ほうですなァ」

茂兵衛が答えた。

「殿様は吝嗇《りんしょく》ですからのう」

忠佐が苦笑したが、忠世は弟の言葉を黙殺して話を継いだ。

「その伝でいけば、酒井も鳥居も平岩も奥平も、皆、殿様から信頼されとらんとゆうことになるがや」

「確かに」

「小諸城におった頃は、信濃《しなの》の国衆どもが旗色を見て、徳川に付いたり豊臣に靡《なび》いたりで忙しかった。秀吉はあからさまに信濃全土を獲りにきとったからのう」

「左様でございましたなァ」

で、その折、秀吉側の先兵となっていたのが、茂兵衛とも親しい真田昌幸《まさゆき》である。茂兵衛の脳裏に、不敵に笑う昌幸の歪んだ顔が浮かんだ。

「だいたいがよォ。秀吉の懐に潜り込め、秀吉の側近に伝手《つて》が欲しいと、幾度もワシに命じたのは殿様ご自身だがや」

（あちゃ……殿様がお命じになりそうなこったァ）

茂兵衛は心中で呻《うめ》いた。家康は、信頼のおける家来を選んで秘密裏に内意を伝える。しかし、その内意が徳川家臣団に不評だと、簡単に多数意見の方に乗っかってしまうのだ。梯子《はしご》を外された家来は困惑するのみで、黙って俯《うつむ》き、投げかけられる三河者《みかわもの》独特の底意地の悪い陰口に耐えるしかない。茂兵衛も幾度か覚えがある。

「ワシは殿様の命に従った。秀吉はワシのことを『朋輩《ツレ》』と呼んだことさえある。ワシがちゃんと役目を果たした証であろう。そうは思わんか？」

「御意ッ」

「秀吉の側近から内密に聞きだした話をワシが報告すると、殿はワシの手をとって『七郎右衛門こそ、我がまことの股肱《ここう》よ』と、涙を流してくれたものさ。嬉しかったなァ」

茂兵衛は、石川五右衛門の話を聞きながら「ほう、石川姓か」と呟き、思わず涙を流した家康を思い浮かべていた。

（亡くなった伯耆守《ほうきのかみ》様を思って流したあのときの涙も、七郎右衛門様に見せた涙も、芝居じゃねェ。案外本音で流した涙なんだよなァ。芝居で泣くなんて面倒なことは、家来相手には決してせぬお方よ）

その一方で、家来を見捨て、梯子を外すようなことも平然とするのが家康である。相反する二つの顔を持つ主人は、茂兵衛の理解と想像を超えていた。

「そうやってお役目を律義に果たした結果」

忠世が続けた。

「ワシと大久保党は徳川内部で盛大に嫌われるようになっちまったんだわ」

「まさか、そんなことはございません」

「嘘つけ。なんならおまんの親分の平八郎殿や小平太《こへいた》殿に訊いてみろ。『七郎右衛門は太閤《たいこう》の間者』との返事が戻ってくるわい」

同じような台詞《せりふ》を、茂兵衛も幾度か耳にしていた。死に逝《ゆ》く老人の僻《ひが》みや杞憂《きゆう》ではないのである。彦左と忠佐は俯いて、拳で鼻の下を拭っている。

「な、茂兵衛よ」

忠世が、枕から頭を上げてこちらを見た。その顔に浮かんでいるのは、まさに死相だ。茂兵衛はわずかににじり寄り、耳を傾けた。

「ワシは殿様の命に従った。そのことで嫌われても、それは納得ずくだわ」

牛蒡《ごぼう》のように細くなった腕を伸ばし、茂兵衛の具足下の袖を摑んだ。

「でも、残していく倅《せがれ》や弟たち、大久保党が嫌われたままではやり切れん」

「ヒッヒッヒッヒッ」

笑い声ではない。堪《こら》えきれずに、彦左と忠佐がむせび泣き始めたのだ。

「殿様に……家康公に、大久保党への格別の御高配を賜《たまわ》らんことを切に、切にお願い致したい」

と、そこまで言って茂兵衛から手を離し、枕に頭を戻した。

「ま、だいたいそんな感じだわ。おまんの口から上手いことお伝えしといてくれや。な、茂兵衛殿、よろしゅう頼みますわ」

話し終えると、忠世は天井を見て深い溜息をついた。

「み、み、身にはえはひへほ……」

言葉にならない。感極まって深々と平伏した。これは明らかに忠世の遺言だ。茂兵衛の両目からは止め処なく涙が流れ落ちた。

翌朝未明、文禄《ぶんろく》三年（一五九四）九月十五日、大久保忠世は息を引き取った。享年六十三。徳川の重臣《おとな》として、また大久保党の当主として、苦悩と波乱の多い生涯であった。

二

忠世の死から一ヶ月《ひとつき》後、茂兵衛と鉄砲百人組は、伏見《ふしみ》の徳川屋敷へと戻っていた。南方からは、下腹にズシンズシンと普請の槌音《つちおと》が響いてくる。ここ伏見指月《しげつ》の地は、今や大開発の真っ只中《まただなか》にあるのだ。

宇治川《うじがわ》の水は、元を辿れば琵琶湖《びわこ》である。琵琶湖から流れ出す唯一の河川である瀬田川《せたがわ》が、天ヶ瀬《あませ》の辺りで宇治川と名を変え、ちょうど伏見指月城の南にある巨椋池《おぐらいけ》にいったん流れ込み、さらに西へと流れ出し、淀川《よどがわ》と合流して大坂《おおさか》、難波《なんば》へと駆け下る。琵琶湖畔から瀬戸内海《せとないかい》まで、全長は約十九里（約七十六キロ）

だ。

秀吉は、その流路を大きく変えようとしていた。

伏見城の城砦化《じょうさい》の一環として、宇治川の流れを伏見城下に導き、外堀として使う目論見だ。当然、広大な堤が造成されるから、その上に大坂へと連なる街道を整備する。また、宇治川の水位を上げることで城下に港を造り、伏見と大坂の間を船で行き来できるようにするらしい。さらには、年末頃から城下町の建設にも取りかかるそうな。それだけの大工事となれば、人が要る。丘の上に立つ伏見城から南の方を眺めれば、全国から駆り出された土工衆の掘っ建て小屋が、巨椋池の周囲、半里（約二キロ）以上に亘り広がっていた。

「まだお若いのに、なかなか難しいらしいわ」

「どこがお悪いのですか？」

「ようは知らんが……痔《じ》を患《わずら》っておられるらしいのう」

「ほう、痔にございますか」

「尻から血が滲み出るそうな」

「おお、それはつらそうですなァ」

伏見徳川屋敷の一室に呼び出され、茂兵衛は鳥居元忠《もとただ》と対面していた。

鳥居は今年五十六歳。通称は彦右衛門尉《ひこえもんのじょう》。現在は、下総国矢作《しもうさのくにやはぎ》で知行四万石を食《は》んでいる。徳川家臣団の中では、井伊家、本多家、榊原家、大久保家に次ぐ身代だ。十万石を超える三人の太守たちは領国経営に忙殺されており、忠世は亡くなり、謀将である本多正信《まさのぶ》は江戸で秀忠を支えるのに忙しい。京で家康を補佐するのは元忠しかいないのが現状だ。深溝松平《ふこうずまつだいら》の家忠《いえただ》や、もちろん茂兵衛も伏見徳川屋敷に詰めてはいるが、とてもではないが、家康への政治的な助言は荷が重い。

「殿が行かれるのが筋であろうが、それだと先方様のほうでかえって気を遣われるだろうからなァ」

「よう分かり申した。では、ちょっと挨拶してきますわ」

茂兵衛は、同じ伏見城下、徳川屋敷から六町（約六百五十四メートル）ほど西にある蒲生氏郷《がもううじさと》邸を訪問することになった。氏郷はまだ三十九歳と若いが、重病を患っており、長く屋敷で臥《ふ》せっているそうな。人望がある武将だから、家康も気を遣い、奥州《おうしゅう》征伐で氏郷と一緒に戦った茂兵衛に、鳥居を通じて見舞いを命じた次第である。

茂兵衛は小六と富士之介を伴い、早速にでかけた。三人とも平装の裃姿である。小六と富士之介は、いったんは江戸に戻ったのだが、寿美から叱られ、追い返されてしまった。妻の言い分としては、妻子を守るより、当主を守るのが「忠義の道である」とのこと。

「私らが生き長らえても、茂兵衛殿が風魔に討たれては、植田家は改易ですぞ。滅亡です。もう少し頭をお使いなさい！」

と、一喝され、富士之介ともども、スゴスゴと京へ戻ってきていた。

「蒲生様の今の位階と官職はなんだったかなァ？」

仁王の鞍上《あんじょう》で揺られながら、茂兵衛が誰にともなく質《ただ》した。

「従三位《じゅさんみ》の参議《さんぎ》と伺っております る」

後方から富士之介が答えた。

「参議なら、唐名は宰相《さいしょう》かァ。宰相様、宰相様、宰相様……間違わんようにせんとなァ」

奥州征伐の頃、氏郷の官職は、まだ左近衛少将《さこんえのしょうしょう》だったから、唐名で「亜将《あしょう》様」と呼びかけていたものだ。ちなみに、現在の家康の官職は権大納言《ごんのだいなごん》で、唐名は亜相《あしょう》である。

氏郷の屋敷も、徳川のそれと同様に急ごしらえであった。庭などは、ほとんど手つかずの状態だ。

（当主が重病だから仕方ねェなァ。特に、庭造りなんぞはガタガタ音がしようから、自重しとるのであろうさ）

普請の音が静寂を乱せば、病人が休めないだろうとの配慮であろう。氏郷は、今春、少しでもよい医師にかかるべく、領地の会津《あいづ》から上京し、以来伏見屋敷で療養を続けているそうな。

（よほど、お悪いのであろうよ）

ただ、氏郷邸は静かでも、伏見全体で見れば、普請だらけで騒然としている。あまり療養生活には向かないのではあるまいか、などと要らぬ心配をしてしまう茂兵衛であった。

「おお、茂兵衛か。九戸《くのへ》以来やのう。息災であったか？」

「お陰を持ちまして」

と、書院で平伏した。忠世と違って、病床に臥してはいなかった。痩《や》せて顔色も悪く健康そうではないが、それでも、今日明日という風でもないようだ。

（よかったよ。最近は、死人や死にかけの話ばかりで、まるで俺自身が死神か坊

主にでもなった気分だったからなァ）

書院には先客があった。三十半ばの小柄な武士だ。大きく鉢の開いた頭で、目つきが鋭い。引き締まった薄い唇――客観的に見て頭が切れそうだ。初対面ではない。茂兵衛には、どこかで見た覚えがある。

「お引き合わせ致そう」

氏郷が、笑顔で武士を茂兵衛に紹介した。

「太閤殿下お気に入りの石田治部少輔《じぶしょうゆう》殿や。豊臣家内において、将来を嘱望されておられる」

（ああ、この人が石田三成《みつなり》か。ほうだら。九戸の陣で見かけたんだわ。今は琵琶湖畔で佐和山蔵入地《さわやまくらいりち》の代官らしいが……ま、そんなことを死んだ浜田大吾がゆうてたなァ）

哀しい思いが蘇り、茂兵衛は少し肩を落とした。

「植田殿は、百挺もの鉄砲隊を率いておられると伺いましたが」

三成が質した。甲高くはあるが、落ち着いた冷静な声だ。

「御意ッ」

返す上手い言葉が思いつかず、簡潔にボソッと答えた。相手が賢そうだと、どうしても言葉を選んでしまう。馬鹿だと思われたくないから慎重になり過ぎ、会話が繋がらないのだ。一度そのことを寿美に相談したことがあったが、「それは貴方様《あなた》が、見栄を張っておいでだからです」といきなり本質を見抜かれ、返答ができなかったことを覚えている。

「九戸城攻めでは、確か備《そなえ》として戦っておられましたなァ」

備――独立した作戦行動をとり得る基本的な戦術単位を指す。

「左様で」

「兵糧は？　鉄砲隊独自の小荷駄を連れておられるのか？」

三成が畳みかけてきた。通常の鉄砲隊は、むしろ「備の中に組み込まれて」おり、兵糧は備が同道する小荷駄隊に依存するものだ。

「連れております る」

「百挺ともなれば、鉄砲隊の指揮を三、四組同時に執る印象にござるが、運用においていかほどの違いがござるのか？」

（おいおいおい、ほぼ初対面だがね……こ奴、グイグイ来よる）

家康が鉄砲百人組を構想したのは天正《てんしょう》十二年（一五八四）の小牧《こまき》長久手の戦の後である。成瀬正成《なるせまさなり》の根来《ねごろ》組は天正十三年に結成されたし、茂兵衛隊は天正十五年初めの創設だ。百挺の斉射を浴びせかける相手としては、明らかに秀吉の大軍を、戦場《いくさば》としては野戦《のいくさ》を想定している。さらに百人組は、小荷駄隊や支援の槍隊などを持ち、独立した備として、いかなる戦場にも単独での投入が可能だ。これは家康による「日本全土、どこにでも鉄砲隊を派遣するぞ」との意思表示とも言える。現に茂兵衛隊は、九戸に単独で遠征したし、京にもついてきている。百人組を持った時点で、徳川軍は三河の地方勢力から、天下を視野に入れて戦う軍隊へと変貌したわけだ。

（でも、そんなこと……秀吉の側近には言えんがね。徳川は謀反《むほん》を疑われかねねェ。だからって大層敏《さと》い奴のようだから、適当な嘘で誤魔化しても通じそうにねェわなァ）

「あんの……」

しばらく考えてから三成に向き直った。

「太閤殿下の惣無事令《そうぶじれい》のお陰を持ちまして、戦が少ない世になり申した」

「うむ」

「泰平の世となり、現在、若い鉄砲足軽の育成こそが、百人組の主たる役目となっております る」

「ほう。育成とな？」

「御意ッ」

一応は本心である。正直に答えている。昨今、戦場で人を育てることは難しくなった。特に、鉄砲足軽は専門職であり、弓ほどではないが、一人前となるには厳しい修練が必要だ。百人組には百戦錬磨の鉄砲足軽たち、そこから這い上がった小頭《こがしら》たちがうようよといる。彼らと同じ釜の飯を食い、ともに鉄砲を撃ち、同じ足軽長屋に寝起きすれば、自《おの》ずと鉄砲隊足軽としての心得が身につくものだ。

仕事を覚えた者を、少しずつ普通の鉄砲隊に還元していけば、徳川家の鉄砲足軽の実力は底上げされるだろう——そういう説明をした。

「なるほど。得心が参りました」

と、三成が頷いた。理屈さえ通れば、素直に納得してくれるらしい。

(同じ秀吉のお気に入りでも、福島正則《ふくしままさのり》みてェな獣《けもの》よりは、言葉が通じるだけ、石田様の方が幾分付き合いやすいがね)

小田原征伐の折、伊豆国《いずのくに》の韮山城《にらやまじょう》攻めで、茂兵衛は福島正則と共闘した。欲望と野心を前面に押し出した暑苦しい男で、茂兵衛は——平八郎とはまた違った意味で——豊臣家家臣団の印象を悪くした。現在、九月の二十九日に、その福島正則と島津義弘《しまづよしひろ》の軍勢が、朝鮮《ちょうせん》の巨済島《コジェとう》で「敵軍を壊滅させた」との話が盛んに流れている。

（あんなのに攻められたら、敵も堪《たま》らんわなァ）

と、茂兵衛は心中で朝鮮軍に同情していた。

蒲生邸を辞し、徳川邸への帰途、浅野幸長《あさのよしなが》邸と宮部継潤《みやべけいじゅん》邸に挟まれた水路のきわで、茂兵衛一行は菅笠《すげがさ》を目深《まぶか》に被った武士の一団にとり囲まれた。その数は十数名。全員が徒士《かち》で、明らかに殺気立っている。こちらは騎乗の茂兵衛と小六と富士之介の他に、従者が五人。相手に槍や飛道具は見えない。戦えばいい勝負となろう。

「無礼であろう。何者か！」

主人を守ろうと、富士之介が茂兵衛の前に馬を進めて威嚇した。

「富士之介、落ち着け。ワシだがや」

菅笠の縁をわずかに持ち上げ、顔を見せたのは茂兵衛長年の朋輩にして天敵でもある乙部八兵衛《おとべはちべえ》ではないか。

「ああッ。槍ッ」

瞬間、茂兵衛が怒鳴り、乙部を睨んだまま、右手を後方に伸ばした。仁王の右後方を歩いていた槍持ちの従者が、長さ一間半（約二・七メートル）の直槍《すぐやり》を間髪を容れずに差し出す。茂兵衛が摑み、頭上でブンと一閃《いっせん》させると、乙部の胸元にピタリと穂先を向けた。

「なんの用だら！」

と、怖い顔で吼《ほ》えた。

「おまん……それが久し振りに会った朋輩に対してゆう台詞か？　だいたい、ワシと分かった途端に『槍』と叫んだろ？　どうゆうことだら？」

乙部が、突き付けられた槍の穂先を指さして目を剝いた。

久し振りに——乙部に最後に会ったのは、天正十八年（一五九〇）のことだから、もう四年前になる。駿州江尻城《すんしゅうえじりじょう》で茂兵衛永遠の想い人、綾女《あやめ》に再会したときだ。しかも、乙部と綾女は長年、夫婦《めおと》同然の間柄であったことをその時知った。

（そうとも、俺ァ騙されてたんだわ）

一応は分別を示して二人の仲を認めた茂兵衛だが、内心では大いに不満だったのだ。乙部は茂兵衛より七つか八つ上だから、もう五十半ばのはずだが、見る限りは若々しい。

(この野郎……今も綾女殿と乳繰り合ってやがるから、老け込まねんじゃねェのかァ、だとしたら……)

そう思うと腹が煮える。

(いっそこのまま、突き殺してやったらどんなに……)

「服部様がおまんを呼んでおられる」

乙部の声で我に返った。危うく本当に突き刺すところだった。

「誰?」

「服部様!」

「半蔵か?」

「おうよ」

乙部は服部半蔵の寄騎である。乙部は徳川隠密の元締めだが、半蔵はそのまた一つ上の元締めなのだ。

「ゆうとくがなァ。半蔵は徳川家中で最も嫌われてる野郎だがね。屋敷が隣同士ってだけでも相当外聞が悪いんだわ。京に来てまで会いたくはねェよ」

「クククク」

背後で小六が必死に笑いを堪えているのが伝わった。

「そう申すな。おまん、蒲生様のお屋敷で石田治部少輔と会っただろ？」

（なんでそこまで、この野郎が知ってるんだよ！　まったく腹が立つなァ）

「会ったらどうした？　余計なことはなにもゆわんかったぞ」

「それは重畳《ちょうじょう》だがや。ええからついて来いや。ついて来んと、後で殿様からどやされるぞ」

「脅すなよォ」

と、まだ突き付けていた槍の穂先を、ようやく逸らした。

三

伏見城はまだ普請中だが、それでも矢倉と天守は完成していた。桂川《かつらがわ》と宇治川の合流地点に立つ淀城《よどじょう》（淀古城）から移築したものだ。淀城は、伏見城が立つ指月からは、南西に一里（約四キロ）強の距離にある。古くからあった淀の城砦を、天正十七年（一五八九）に豊臣秀長が改築し、兄秀吉の側室茶々《ちゃちゃ》に産所として奉じた。茶々はこの城で長男鶴松を産み、以降「淀殿」や「淀君」と呼ばれるようになる。ただ鶴松は夭折《ようせつ》したので、次男於拾（秀頼）は大坂城内で出産した。産所としては用済みになったので、天守と矢倉を伏見城に移築したのだろう。

半蔵は、伏見城の矢倉の下で待っていた。南方を見れば伏見の平地が広がり、遠くに宇治川の普請現場が見渡せた。ここなら広々としており、周囲で聞き耳を立てられる心配はない。

「治部少輔がどうした？」

そう質すと、半蔵は茂兵衛の目を見たまま、しばし黙った。

「どうもこうもねェわ。奴は危ない」

「どう危ない？」

「色々とあるのさ」

と、困ったように呟き、また少し躊躇《ちゅうちょ》して、やがて言葉を継いだ。

「おまんが小田原で教えてもらえなんだ七郎右衛門様の秀吉側近の伝手とは、それがつまり治部少輔よ」

「ほお」

三成が忠世に、豊臣家内部の情報を漏らしていたというのだ。忠世はそのことを茂兵衛に話さなかった。三成との伝手を倅の忠隣に独占させるために秘匿したのだ。ただ、もうすでにこうして徳川隠密に嗅ぎつけられている。忠世の親心は無駄だったということになる。哀れなものだ。

（それにしてもさ……風魔小太郎もそうだが、隠密という輩《やから》はどこでどうして、こうゆう話を仕入れてくるかなァ。妖術でも使っとるのかい？）

と、呆れ恐れた。

「でもよォ。治部少輔は筋金入りの忠臣だと聞くぞ。蒲生様もそう仰《おつしや》っていたから間違いねェ」

悔しいので、一応はまぜっ返してみた。本当は、怜悧《れいり》で実直そうに感じた程度で「筋金入りの忠臣」かどうかまでは知らない。

「治部少輔は、もともとは北近江《きたおうみ》の産だがや。尾張《おわり》以来の加藤清正《かとうきよまさ》や福島正則みてェな子飼い衆とはまた別なんだわ」

「北近江とゆうことは、浅井《あさい》侍か？」

「ほうだがや」

秀吉が倒した浅井長政《ながまさ》の娘が淀君である。その後、秀吉は淀君の義父である柴《しば》田勝家《たかついえ》をも抹殺した。淀君、とんでもない男に嫁いだことになる。

「半蔵、おまん、なにが言いたい？」

「なにがって……それがまだよう分からんのさ」

背中を丸めて、小声で囁いた。

「へへへ、徳川隠密にも分からんことがあるんかい」

「そりゃあ……」

少しだけ嫌な顔をした。隠密という世間を憚《はばか》る下賤《げせん》な役目でも、半蔵は強い矜持《きょうじ》を持って取り組んでいるようだ。

「ま、治部少輔の忠義は『淀君にのみ向けられとる』との読み方もできないことはないわな」

（凄《すげ》ェ話だなァ。秀吉が聞いたらひっくり返るぞ）

「だからって豊臣の内情を漏らすかな？　淀君の亭主は秀吉だら。秀吉の足引っ張っとったら、淀君のためにもならんだろう？」

「それもそうだわなァ。や、その通りだら。治部少輔は馬鹿じゃねェし、気持ちもしっかりしとる。なんの目的で大久保党に接近したのか、豊臣の内情を徳川に流していたのか、本音をまだワシらも摑み切れてはおらんのだわ。だから……」

「だから？」

「治部少輔は危ねェんだよォ。なにを狙ってるのか、魂胆が分からねェ。だから、おまんみてェな、武辺一筋のお人好《よ》しが関わるなとゆうておるのさ」

「なるほど。そこは分かる」

むしろありがたい。これが家康だと「治部少輔の本音を聞き出してこい」との無茶を命じられるから閉口する。家康が、茂兵衛のことを買い被っているのか、それともからかって、困り果てるのを眺めて楽しんでいるだけなのか、今も判断しかねている。

「おい、半蔵？」

「ん？」

「治部少輔が七郎右衛門様と繋がってたこと、殿様に話したのか？」

「ああ、もちろんだわ」

（そらそうだわなァ）

茂兵衛はそのことを忠世から聞き出せず、家康に「駄目でした」と伝えた。それを半蔵は事もなげに「あれは、治部少輔にござる」と報告したのに相違あるまい。家康はどう感じただろうか。

「俺の方から治部少輔に近づくことはねェさ。でも、あっちの方から接近してきたらどうする？」

「乙部に伝えろ。すぐにワシのところにも伝わる」

「野郎は信用ならねェ」

「乙部がか？　おまんら二人、長年の朋輩ではねェのか？」

と、小首を傾《かし》げ、怪訝《けげん》な顔をした。

「長年の付き合いではあるが……朋輩かどうかは、よう分からん」

「なんじゃそれ。奴ほど信用できる漢《おとこ》は滅多におらんぞ」

「な……」

三十年以上前、初対面の折、茂兵衛は乙部に殴られて父の形見の槍を盗《と》られた。その後、乙部は阿呆の丑松から銭を騙し取ろうとしたし、奴の裏切りで野場《のば》城《じょう》は落ちたのだ。今では茂兵衛の想い人の亭主に収まっている。

（く、糞が……野郎が「信用できる漢」なわけはねェ。なにかの間違いだら）

と、心中で毒を吐いた。

「どうやって報せるんだ？　俺ァ、乙部の屋敷も知らねェし」

江尻城下の別宅は訪れたことがあるが、もう江尻城は中村一氏の領内にあるから、あの屋敷も誰か他の者が住んでいるのだろう。

「顔を合わせるのも数年に一度がええところさ。できれば一生会いたくねェぐらいだァ」

「おまん、乙部となんぞあったのか？」

半蔵が真面目な顔で訊いてきた。

「そりゃあったさ！　当たり前だがや。色んなことがあり過ぎなんだわ」

茂兵衛の剣幕に鬼の服部半蔵の腰が引けた。

「わ、分かったよ。じゃ、治部少輔が接触してきたら、ワシに報せてくれ」

「おまんはどこにおる？　屋敷は空けてることが多いようだが」

「伏見でワシに用があるときには一番南にある厠《かわや》へ入れ」

「か、厠だと⁉」

「ほうだがや。厠に入ったら独り言で『ああ、柿が喰いてェ』と怒鳴れ。すぐにこちらから繋ぎを入れる」

（なんちゅう繋ぎのつけ方や……）

「ああ、分かったよ。そうするわ」

と、呆れながらも頷いた。

(殿様、佐渡守様、半蔵、八兵衛……俺の周囲は得体の知れない悪党ばっかりだがや)

徳川にも、善人や好漢は少なからずいる。本多平八郎、榊原康政《やすまさ》、井伊直政《なおまさ》、大久保彦左衛門に同忠佐、誰もが生一本《きいっぽん》な性格だ。多少荒っぽいところはあるが、押し並《おな》べて好人物だ。ただ、家康の周辺にだけ曲者《くせもの》、腹の黒い人物が集いがちなのである。

(類は友を呼ぶとかゆうが……俺一人が異質なんだわ。だからつらいんだ)

半蔵と別れ、改めて小六たちと伏見徳川屋敷への道を辿りながら、考えた。

(なんで俺が殿様の側にいるんだよ。おかしいじゃねェか)

どこからどう見ても、伏見屋敷における植田茂兵衛は「家康の最側近の一人」であろう。

トントントン。カンカンカン。

伏見城下に、普請の槌音が喧《やかま》しく響いていた。

四

瞬《またた》く間に二ヶ月《ふたつき》が過ぎ、真冬となった。

文禄三年（一五九四）十二月十五日は、新暦に直せば一五九五年の一月二十五日に当たる。

京の冬は寒い。そこそこ雪も降る。

普請中で槌音の絶えない伏見は、極めて政治的な町でもあった。

そもそも、当時の日本は対外戦争中である。朝鮮半島には十五万人からの大軍勢を送り込んでいた。

今月の中頃には、一番隊の事実上の主将小西行長《こにしゆきなが》の重臣で内藤如安《ないとうじょあん》という者が、北京《ペキン》で明国《みんこく》皇帝に拝謁し、秀吉の親書を渡すとか、渡さないとか――

「も～はい勝ったも同然だわ。でィやァ勝利は近いがね」

と、秀吉は上機嫌だが、伏見城下の大名衆の間では「実は、苦戦しとるらしいわ」「戦には勝つが、兵糧が不足しとるそうな」との悪い噂も飛び交っている。

国内は惣無事令下で、一応の平和こそ保たれていたが、政情は以上のごとく極めて危ういものであった。

最高権力者の太閤秀吉は伏見におり、現今《げんこん》の首長である関白秀次は、伏見からわずか北西三里（約十二キロ）の聚楽第《じゅらくだい》で政務を執っていた。

秀吉は、昨年八月に生まれた於拾の顔を見に大坂城へ足しげく通い、また関白職を於拾に禅譲するよう秀次に迫るため聚楽第へも通った。大坂城に行くときは恵比須《えびす》顔だが、聚楽第に赴くときには不機嫌そうな閻魔《えんま》顔に変貌した。

さらには「於拾様は、お種が違うそうな」との噂も伏見城下では、真《まこと》しやかに囁かれている。なんの根拠もない与太話なのだが、秀吉の出自の卑しさ、風貌の貧相さ、人柄の軽薄さ、贅沢《ぜいたく》な暮らしぶりへの妬みが、世人の俗悪なる妄想を駆り立てているものと思われた。

誰もが絶対権力者である秀吉の顔色を窺うと同時に、その政権の不安定さ、心底から敬い慕う者の少なさを嘲笑している。家康もまた同様であった。

「だからさ」

場所は伏見徳川屋敷の書院。小姓に手伝わせて裃を着ながら家康が言った。

「太閤殿下と茂兵衛は馬が合うのよ」

「そこが拙者、腑に落ち申さず」

硬骨漢の鳥居元忠が野太い声で反論した。伏見屋敷の留守居役を務める鳥居の他に、深溝松平の家忠もいる。下座には茂兵衛も裃姿で控えていた。

「太閤殿下と茂兵衛が馬が合うのが本当だとしても、ならば私的な宴《うたげ》にでも呼びつければええことではござらぬか？　なぜに、大名衆が参集される大広間での会合に呼ばれたのか……なんぞ裏があるように思えてなりません」

「そりゃ、秀吉公のことだわ。裏も陰もあろうさ、ハハハ」

家康が、鳥居の懸念を笑った。

「よろしゅうございまするか？」

家忠が割って入ってきた。家忠は今年四十歳。今は武蔵国《むさしのくに》埼玉《さいたま》郡で一万石を食んでいる。茂兵衛とは因縁浅からぬ人物だ。茂兵衛の初陣《ういじん》となった野場城の戦で攻め寄せて来たのが家忠の父の伊忠《これただ》であった。伊忠は長篠《ながしの》の戦で討死したが、その死に目に茂兵衛は立ち会っている。また、寿美の実弟の松平善四郎《ぜんしろう》康安《やすやす》と家忠は同年齢で仲が良く、自然、茂兵衛とも親しくなった。御一門衆で万石取りだから身分は上だが、弟のようにも感じている。几帳面な性格で、今も毎日詳細な日記をつけているらしい。

「手前、思いまするに、太閤殿下も殿には隙がないとお考えなのでは？　その点、茂兵衛殿なら、素直さ、実直さにつけ込むことも可能……なんぞ大名衆の前で言質《げんち》でも取ろうと企んでおられるのではないか、と」

（素直さ実直さって……又八郎《またはちろう》様、酷《ひで》ェこと仰るなァ。遠回しに俺のこと「たァけ」だと決めつけてるようなもんだがね）

「又八郎、心配は要らん」

家康が、家忠に向き直った。

「茂兵衛はたかだか三千石の家臣だ。なにを語っても、そのまま徳川が言質をとられたことにはなるまい。それに、この男はボ――っとしとるように見えて、意外にこすいところもあるぞ、へへへ」

（御冗談でしょう。どうせ真面目なだけが取柄のたァけですがね）

と、心中で嘆息を漏らした。

茂兵衛は、家康に同道して伏見城に上った。秀吉が「茂兵衛に会いたい」と家康に所望したらしいが、いかなる事情が潜んでいるのだろうか。

徳川屋敷は伏見城大手門から三町（約三百二十七メートル）ほど東にある。一等地に相違はないが、北を宇喜多秀家《うきたひでいえ》、東を小西行長、南を石田三成、西を宮部善祥坊《ぜんしょうぼう》継潤の屋敷に囲まれていた。どの家も秀吉への忠誠心が非常に高い。事実として後年の関ケ原《せきはら》では、四家とも西軍側に着いた。秀吉の家康に対する視線がよく分かる配置だ。

大手門を潜り、家康の後について歩きながら、茂兵衛は普請中の秀吉の城を吟味した。

（へえ、なかなかじゃねェか。これで宇治川が水堀となれば、簡単には落ちねェ城になるわなァ）

「な、茂兵衛よ」

「ははッ」

前を向いて歩きながら、家康が声をかけてきた。

「この城の縄張りはどうだら？」

「幾点か改良を施せば、相応に堅い城になるかと思われまする」

「どこをどう直す？」

「城の奥の丘陵には大きな堀切《ほりきり》が必要でしょうし、小さくてもええですから馬出《うまだし》も欲しい。白壁の狭間《さま》も、もう少し数を増やした方がええと考えまする」

「普請奉行が真田の親父だと知っとるか？」

真田昌幸は朝鮮出兵を免除された代わりに、伏見城の普請を命じられたのだ。

「伺っております」

「おまんになんぞゆうて来たか？」

「いえ、なにも」

「ふ～ん……伏見城も使い道がよう定まらんのぅ」

と、家康は独り言のように呟き、後は黙って歩を進めた。

使い道が定まらない城――指月の伏見城は、もともとが秀吉の隠居所として造営された。淀古城から移築された天守や矢倉を含めて、どこか華美であり、雅趣《がしゅ》に満ちており、軍事的な無骨さがあまり感じられない。今はまだ殺風景な庭だが、来年に建物が完成すれば、造園も始まるだろうし、散策するだけで楽しめる城となりそうだ。一方で、真田昌幸は、奇をてらい攻め手の度肝を抜く城を造る名人である。上田城《うえだじょう》攻めでは茂兵衛もだいぶ苦しめられた。昌幸はつまり、徳川の猛攻を撃退した城を縄張りした男なのだ。噂では、秀吉は昌幸に「五日もてばええ。六万からの大軍で攻められても五日持ちこたえ得る城を築け」と命じているらしい。ちなみに、家康の総動員勢力がだいたい六万人である。もちろん、ただの偶然ではあろうが――。

大広間へと通され、秀吉の御前で家康ともども平伏した。周囲には綺羅星《きらぼし》の如き大名衆が居並んでいる。上杉景勝《うえすぎかげかつ》がいる。毛利輝元《もうりてるもと》もいる。貫禄十分なのは前田利家《まえだとしいえ》だ。隻眼《せきがん》の伊達政宗《だてまさむね》は驚くほど若い。病《やまい》を押して蒲生氏郷も控えている。真田昌幸は、茂兵衛にニヤリと笑いかけてきた。朝鮮に出陣中の西国大名衆が少ないのが残念だ。

「茂兵衛よ」

「ははッ」

上座から秀吉に大声で呼ばれ、慌てて平伏した。金色の見慣れぬ装束を着ている。公卿衆が着る束帯《そくたい》のようにも見えるが、腹といい、肩といい、両袖といい、やたらと大きな円《まる》い龍が描いてある。後で聞いた話だが「こん服」と呼ばれる明国皇帝が着る衣装だそうな。思いはすでに「明国皇帝陛下」なのかも知れない。

「おまん、所領は幾らじゃ？」

「三千石を与かっておりまする」

右前に座る家康の背中を、チラチラと窺いながら返答した。

「おまんの領地の年貢の税率は、当然二公一民であろうな？」

二公一民——収穫した米を三等分し、その内、二を領主が取り、農民には一しか残さないという、かなり苛烈な税率だ。

「あの……四公六民にございまする」

嘘は言えないから、正直に答えた。四公六民は、収穫の四割を領主が、農民には六割残すという穏当な税率である。大名諸侯のうち、ある者は驚きの声を上げ、ある者は視線を畳に落とした。

すると、柔和な笑顔だった秀吉の顔が見る見る険しくなったのだ。

「たァけ。なんじゃ、そりゃ」

秀吉が吼えた。慌てて茂兵衛は畳に額を擦《こす》りつけた。

現在、秀吉は全国で「太閤検地」を実施中である。各地を巡る検地奉行は各大名に「二公一民の税率」を命じていた。ただ、徳川や毛利、上杉などの大大名の領地には、検地奉行を派遣せず、自主性に任せていたのだ。百姓を無理に絞らず、善政を敷いていた北条領を受け継ぐ家康は、年貢の税率も「元のままの四公六民」に据え置いている。当然、家臣である茂兵衛も家康に倣《なら》っていたのだ。

「百姓を甘やかすな。妙な人気取りは致すな」

と、茂兵衛を怒鳴りつけた。明らかに激怒している。少々怖い。

「も、申しわけございません」

「これ茂兵衛ッ」

秀吉の追及は止む気配がない。

「ははッ」

「おまんがいかなる料簡で我が命に違背しておるのか、その辺の存念をゆうてみいや」

「あんの……」

鳥居元忠と松平家忠の心配が的中したようだ。秀吉が、茂兵衛の「間抜けさ」「要領の悪さ」につけ込み、利用し、諸侯の前で家康が秀吉の方針に背いていることを譴責《けんせき》するつもりであることは明白だ。ここで「主人家康の税率に従ったまで」と言い訳すれば、茂兵衛自身は救われようが、今度は家康が窮地に陥る。家臣としてそういう手は使えない。

「その議なれば手前から……」

家康が割って入ろうとしたが、秀吉は強硬だった。

「や、どうしても茂兵衛の口から説明を聞きたい」

と、秀吉に制され、家康は黙った。

「あんの……」

ホトホト困惑していた。チラチラと家康を窺う。家康もそれに気づき、茂兵衛に振り向いた。

「植田。御下問である。なんでも正直にお話し申せ」

(ほら出た。困ったときの丸投げだよ……それにしても参ったなァ。俺、進退窮まっとるんじゃないか。どうすっかなァ)

と、悩んでいても埒《らち》は明かない。仕方なく、家康の様子を窺いつつ、秀吉に返答を始めた。

「あの……かつて北条の税率は四公六民でございました。それを急に、二公一民に直しては民百姓の不満が募り、ひいては一揆の恐れもこれあり。されば、徐々に税率を引き上げ、いずれは太閤殿下の御方針に沿う二公一民にして参る所存なのかな、と推察を……」

「推察だとォ⁉」

「や、そのように致す所存にございまする」

と、大汗をかきながら言上した。一瞬「断言し過ぎたか」と不安になったのだが、吐いた唾は今さら飲み込めない。

「では、いずれ必ず二公一民に直すと申すのじゃな？」

「あんの……」

「御意ッ。その通りにございまする」

と、家康が介入し、平伏した。ホッとしながら茂兵衛もこれに倣った。

意外なことに、秀吉はこれで収まった。太閤の話は、明国皇帝への親書の件へと移ろったのである。

（あれ、もうこれでええの？）

徹底して二公一民を詰められるものと身構えていた茂兵衛、少しだけ拍子抜けである。

（なんだ、芝居かよ）

要は、家康と秀吉の阿吽《あうん》の呼吸による狂言だったのだ。同席した上杉景勝、毛利輝元、伊達政宗らは家康と同様に自主性を認められ、太閤検地の埒外に置かれている。彼らの前で、二百五十万石の家康を詰問することで、二公一民を再確認させたものと思われる。それでいて太閤が直接怒鳴りつけるのは茂兵衛だから、家康の面子《メンツ》も潰さずに済む、そんなところだろう。案外、秀吉と家康は連携して仕事をする場合が多い。その伝で謎解きすれば、徳川家内の武闘派の配置が北方重視で、秀吉への備えが大久保党の四万五千石だけなことの説明がつく。

（ああ、こりゃ、豊臣家との戦はねェなァ。殿様にその気がねェんだわ。家康公と太閤様は、意外に馬が合うみてェだものなァ。でもよォ。それならそうと、俺にも一言いっといてくれりゃええんだわ）

たぶん家康は、茂兵衛の演技力に信頼がおけなかったのだろう。芝居とばれれば諸侯への脅しにはならない。それで黙って秀吉の前に引き出した。

（ま、これが御奉公だから、仕方ねェわなァ）

と、茂兵衛は心中で呟いた。

城下の屋敷に戻ってから、家康は茂兵衛を傍に呼び、月代の辺りを扇子の先で軽くペチンと弾いた。

「あたッ」

「ようやった。あれでええ」

と、笑って褒めてくれた。救われた。

検地を厳格に実施すると、年貢を納める百姓から禄高によって軍役が決まる大名まで、押し並べて増税となるから「太閤検地」への反発は根強い。それを秀吉は圧倒的な軍事力で封じ込めているに過ぎないのだ。秀吉の政権は強力だが、同時に危うさをはらんでいた。

五

茂兵衛が、秀吉の前で大汗をかいてから五日が過ぎた。その不吉な報せは、唐突に東方からもたらされた。

大久保忠世亡き後も新当主忠隣は、家康の嫡男秀忠に付き従って江戸城に詰めたままだ。大久保党の本拠地小田原城を守る彦左から「風魔小太郎が破牢し、姿を消した」との書状が届いた。えらいことである。彦左は、江戸の茂兵衛留守宅にも注意を促す手紙を送ってくれたそうな。

「破牢とはまた……なんぼ風魔でも、そんな芸当ができるものですかな？」

左馬之助が首を傾げた。寄騎衆を自室に招集し、善後策を練っている。風魔小太郎が危険なことはよく知っているが、ここにきて脱獄までしたというから、その執念に茂兵衛は恐れをなした。

「それがですなァ」

この秋から鉄砲百人組の次席寄騎を務めている木村仁兵衛が、秋まで寄騎として仕えていた小田原領内の事情をきまり悪そうに話し始めた。

「此度《こたび》の小田原移封により、大久保党は領地が倍増し申した。当然、軍役も増えるので数多《あまた》の家臣を新規に召し抱えたのでございます」

「なるほど」

上座で茂兵衛が頷いた。領内には多くの北条侍が浪人として暮らしているはずだ。彼らに不満が募れば、一揆などを煽動しかねない。北条侍懐柔策の一環として、忠世は彼らを召し抱えたのだろう。

「やはり不穏な空気があるのでござるか？」

三番寄騎の赤羽仙蔵が木村に質した。新参の木村を、茂兵衛は赤羽の上の次席寄騎に据えた。浜田大吾の死により「次は自分が次席」と期待していたはずの赤羽の反発を心配したが、茂兵衛が見る限り、赤羽にそういう兆候は一切見えない。赤羽は農家の次男から足軽、小頭、馬乗りへと徐々に階段を上ってきた苦労人だ。本音は兎《と》も角《かく》、あからさまに不満を顔や態度に出すほど、生き様が幼稚ではないのだろう。

（年齢も赤羽の方が一つ下だし、ま、穏当だろう。左馬之助や小六が、赤羽に気を遣ってくれてるのもありがてェわなァ）

なんとかなりそうだ。茂兵衛は、自分が決定した人事に満足していた。

「や、ま、北条家への仕置きが緩かったのは、徳川の仲裁があったらばこそと、心の底では奴らも分かっておるのよ」

木村が赤羽に答えた。

「政《まつりごと》も北条の善政を踏襲しておるし、極端な不満はないと思う。ただ、風魔はもともと最強硬派で通っておったからなァ。特別なのさ」

その風魔に共感する新規に召し抱えられた北条侍の誰かが、密かに牢の鍵を開けたのではあるまいか、と仁兵衛は推察した。

「ありえるわなァ」

茂兵衛は頷き、そして言葉を続けた。

「ただ、今一度、新たに大規模な一揆を企てるのは、たとえ風魔小太郎であっても難しかろうよ」

一応は、茂兵衛自らの手で風魔の一揆は壊滅させたのだ。もし小太郎が、再度一揆を起こす気なら、それこそ一から組織し直さねばなるまい。膨大な銭と時と人と運が要る。

「そうなると、脱獄した風魔小太郎が考えるのは、手っ取り早く復讐となるわなァ。毒か鉄砲で太閤様を狙うのが筋だが……弟を殺し、一揆を攻め滅ぼした恨み骨髄の俺を狙うのもなくはねェわなァ」

「事実、風魔小太郎はお頭の身辺を詳細に調べておったわけですしな」

左馬之助が同調した。

「なくもないではなく、確実にお頭にきますよ」

小六が冗談めかして言ったので、一同に軽い笑いが起こった。

今や小六は、百人組になくてはならない存在だ。左馬之助、木村、赤羽の三人は年齢も四十代で経験豊富な古強者《ふるつわもの》たちである。彼らには弟分として低姿勢で接し、小久保一之進以下の若い三人の寄騎には、兄貴分として接し、面倒をよく見ている。高齢層と若年層の仲介役として機能しているのだ。また小六は、四番寄騎であると同時に茂兵衛の甥でもある。茂兵衛が小六を大層可愛がっていることは皆知っているから、お頭に直接言い難《にく》い事柄の場合、小六を通じて茂兵衛に伝わることも多いようだ。

泰平の世になると、鉄砲隊の寄騎では将来性が望めない。茂兵衛は、小六を鉄砲隊から出し、文官の職に就けることも考えている。ただ、ここまで重宝すると、なかなか百人組から出す踏ん切りがつかない。

「まずは夜間の見張りの数を増やします。外出の折には、可能な限り具足の御着用をお願いしたい」

左馬之助が茂兵衛に念を押した。

「毒に関しては、我ら家臣が厳重な毒見を致しますので」

と、末席から富士之介が声を張った。

「たァけ。おまんが俺の飯を食って悶《もだ》え死んだら、寝覚めが悪いわ！　勘弁してくれェ」

と、富士之介の忠義心に照れて悪態をついたが、彼の言い分も一理あるのだ。

だいたい、茂兵衛には後継ぎがいない。彼が死ねば、植田家三千石は無嗣《むし》改易となる。寿美以下、従者小者とその家族まで含めれば、三百人近くの人が路頭に迷うことになるのだ。富士之介が毒見を買って出るのも宜《むべ》なるかな。

（俺も早いとこ、綾乃に婿養子かなんか迎えねェとなァ）

一人娘の綾乃は今年十三歳だ。美人で賢く、茂兵衛以外には素直で優しい。

綾乃に知行三千石が付いてくるなら、どんな名家の貴公子でも婿養子に来たいと願うはずだ。

（そうとも、条件はいいんだ）

綾乃が興味を示し「嫁に行く」と宣言した男子は五人だ。木戸松之助、松平善四郎の次男、横山左馬之助の長男、隣家の出っ歯《でっぱ》――確か、大岡弥左右衛門《おおおかやそうえもん》とかいったはず――そして植田小六だ。

(あ、半蔵の野郎も五男が美男だから「婿にどうか」とか抜かしとったな……これで六人かァ。綾乃の奴、隅に置けんわい)

実は本当の姉弟《きょうだい》である松之助は論外だ。善四郎の次男はすでに妻を娶《めと》った。左馬之助の長男は、名門横山家の大事な跡取りで無理。服部半蔵の五男は、父親が大の嫌われ者だから駄目。すでに小六は、寿美の侍女と婚約している。

(おいおいおい、となると出歯衛門しかいねェのか?)

茂兵衛は愕然とした。最悪なことに、茂兵衛の目から見れば、綾乃が本気で想っているのは、どうみても弥左右衛門なのである。彼は次男だし、実家は知行千八百石だから釣り合い的にも悪くない。

(でも、あいつだけは嫌だなァ。苦手なんだよなァ。出っ歯かよ、出っ歯ねェ……)

「お頭!」

「え? あ?」

左馬之助に、呼ばれて我に返った。

「お頭の方から、殿様にも風魔の破牢のことお伝えしといた方が、ええと思うんですがね」

「ほうだのう。では、鳥居様にお伝えしとくわ」

そういうことで散会となった。

茂兵衛にも徳川家家臣としての公務はある。しかし、一人娘の婿選びのことが、頭から離れてくれない。

(参ったなァ……綾乃のことばかり考えて仕事に手がつかんがね)

と、反省するのだが、手がつかぬものは仕方がない。


年の暮れ。「今年のうちに、もう一度」と茂兵衛は伏見城下の蒲生屋敷に氏郷を見舞った。病がかなり重いと聞き、家康と奥州でともに戦った井伊直政からの見舞い状を届けに訪問することにしたのだ。ちなみに、現在の直政は、新規に封ぜられた上野国箕輪《こうずけのくにみのわ》で領国経営に忙殺されている。なにせ譜代衆最高の十二万石を食む身だ。大名家の創設に色々と腐心しているようだ。

蒲生屋敷への道すがら、小六と轡《くつわ》を並べて馬を進めた。

「大岡弥左右衛門？　ああ、出っ歯の？」

「ほうだら、へへへ、出歯衛門だがね」

小六に弥左右衛門の人となりを訊いてみた。茂兵衛には「出っ歯面の男は助平で不実」との妙な偏見がある。どうしても生理的に受け入れられない。娘の婿になぞと考えると虫唾《むしず》が走る。拒絶していたので、あまり弥左右衛門の情報が頭に残っていないのだ。

「や、いい奴ですよ。最近は会っていないが、もうそろそろ元服でしょう」

「ほうかい。年は幾つだ？」

「確か、綾乃殿より一つ上かな」

（なんだい。年回りもちょうどええでねェの）

「弥左右衛門は、いつもニコニコしていて、なにも喋らんし、こ奴は『本物の馬鹿なんだろうな』と最初は思うとりました。そしたら、とんでもなく頭のええ野郎でねェ」

「そ、そうなの？」

茂兵衛の表情が曇ったが、小六はそれに気づかない。

「貝あわせでもカルタでも、野郎の総取りですわ。なんでも一度見たら自然と頭に全部残るんだそうで、我ら凡人は勝てやしませんよ」

「ほう」

カルタは、ポルトガルから天正年間に伝わった。この頃にはもう、和製のカルタが出回っている。貝あわせは、平安期以来の日本の遊びだ。

「でも……出っ歯だからなァ」

「お頭、最前から出っ歯出っ歯って、男は顔じゃないでしょ？」

「そ、それはそうだけども」

「一度、貝あわせに負けた綾乃殿が、よほど悔しかったのでしょう。歯のことをからかったのです。そしたら奴は『前歯が出ているといつも微笑んでいるように見えて、敵を作らずにすむから、自分はありがたいと思っている』そう穏やかに言い返したんですよ。ガキながらになかなか天晴《あっぱ》れな奴で……あの、伯父上？」

「なんだよォ」

「私、なんぞまずいことでも申しましたか？」

思わず、人殺しのような険悪な目で睨んでいたようだ。

「別にィ」

「弥左右衛門のことを知りたいって仰ったのは、伯父上ですよ」

「だから、別に怒ってねェよ」

「ならば、そんな怖い顔で睨まなくったっていいじゃないですか」

「うるせェ。おまんは喋り過ぎだァ。俺ァ、出っ歯と喋る男は大嫌いなんだよォ。それから伯父上じゃねェわ。ちゃんとお頭と呼べや、馬鹿ァ」

「す、すみません」

哀れ小六、すっかりしょげ返ってしまった。もう、無茶苦茶である。

六

「やあ、よう来てくれたァ」

五日前に伏見城本丸御殿の大広間で会ったときより、氏郷はさらにやつれて見えた。それでも「茂兵衛が来てくれた」と大いに喜び、家来に手伝わせて布団の上に座り、親しく応接してくれた。

本来ならば、九戸の陣で朋輩のような関係性を結んだ井伊直政の見舞いの方がよかったのだろうが、ま、今回は茂兵衛で勘弁してもらおう。

「ワシも長くはない」

低くか細い声で氏郷が言った。

「ただ、死ぬのはまったく怖くないぞ。心穏やかに過ごせとる。すべて信仰の賜物や」

「な、なるほど」

確かに体は弱っているが、苛ついたり、塞ぎ込んだりしている風には見えない。口元には笑みをたたえ、泰然自若《たいぜんじじゃく》としている。

「デウスの御許に行けるのかと思えば、心が浮き立つ。待ち遠しいくらいや。茂兵衛よ、信仰とはよいものやぞ」

「御意ッ」

茂兵衛も、かつて奥州の露営地でヤジロウという日本人が認《したた》めた「切支丹の経典」を貰ったことがある。氏郷によれば「この書を懐に忍ばせているだけで、武《ぶ》運長久白日昇天《うんちようきゆうはくじつしようてん》が間違いなし」との触れ込みだったが、その直後に蒲生隊は敵の夜襲を受け大損害を出したし、茂兵衛は危険な敵と遭遇、格闘戦を演じ、死にそうな目に遭ったのだ。

（せっかくですが宰相様、俺は切支丹とは相性がようないですわ）

無論、そんな本音はおくびにも出さない。茂兵衛には合わなくとも、氏郷には必要な信心なのだろうから、それを腐すのは人として違う。

「ヤジロウの本、読んでくれたか？」

「も、もちろん……」

厳密には「もちろん、読んでいない」のだ。内容を問われたら進退窮まる。

「それは嬉しい」

と、頷いたきり、曖昧な微笑を浮かべ押し黙った。織田信長が智勇に惚れこみ、娘婿にしたほどの男だから、茂兵衛の小さな嘘ぐらいはとうに見抜いているのだろうが、それ以上に追及されることはなくホッとした。

「ところで、夜になると、寝所に魔物が出て往生しておる。つらい」

氏郷が冗談めかして呟き、大袈裟に嘆息を漏らしてみせた。

「ま、魔物とな？」

「別段『化け物が出る』とゆう意味やない。心に夜の闇が囁くのよ。神などおらん、人は死んだら終わりやとなァ」

「ほお」

（ま、俺も半分はそう思うとるわなァ。今までに人を二百人近くも殺しとるから、俺なんぞが死んだら確実に地獄行きだがや。死後の世なんぞがあったりした

ら堪らんがね）

「ワシの信仰が、まだまだやとゆうことさ。ハハハ」

と、無理に笑ってみせたが、心も体もつらそうだ。

「貴公は、百に近い戦場に臨んだと伺っておる。人の生き死にが横溢《おういつ》し錯綜する戦場で、なんぞ不可思議な体験でもした覚えはないのか？」

「不可思議な体験？」

「そうや」

力なく氏郷が頷いた。

「ワシが夜の魔物に襲われたとき、茂兵衛殿の戦場での体験を思い出して、自らを鼓舞できるような話が所望や」

（つまり、宰相様は「死後の世界があるとの確信を得たい」のであろうなァ。そういう話を知らぬか？　と、戦場暮らしの長い俺に訊かれとるんだわなァ）

気持ちはよく分かる。氏郷にはもう時間がないのだ。「死んだら終わり」では切な過ぎて、最期の時を心穏やかに過ごせない。「死んでもまだ続きがある」と思えれば、希望を持って有意義に暮らせるはずだ。

「神仏の存否までは分かりかねまするが、少なくとも魂のようなものは、人の体の中に存在しているものと確信しておりまする」

「ほう、それはなぜや？」

「我が徳川は、攻め込んできた武田信玄《しんげん》公と浜松城外《はままつじようがい》で戦い、大敗を喫したことがございます」

「三方《みかた》ヶ原《はら》やな？」

「御意ッ。それがしも足軽小頭として参陣致しました。激しい戦の中、配下の足軽が腹を深く刺されましてな。放ってもおけず、それがしが背負って逃げたのでございます」

「ほおほお」

と、興味津々《きようみしんしん》な様子で身を乗り出して聞いている。茂兵衛は話を続けた。

「その者は、それがしの耳元で、ずっと喋っており申した。血が流れるゆえ『黙っておれ』と叱るのですが、残して逝く妻と幼い娘の行く末を案じて、喋るのを止めませぬ。そこで『俺が必ず手を尽くすから心配するな』と申し聞かせますと、安堵したのかやっと口を閉じてくれ申した。その時、背負っていた足軽の体がフッと急に軽くなったのでございます」

「ほお」

「声をかけましたが返事はなく、すでに身罷《みまか》っておりました。あの折、あの刹那、魂が奴の体から抜けだしたものと、そう考えておりまする」

「確かに軽くなったのか？」

「御意ッ」

「実に、興味深い話や」

と、幾度も頷いた。

「で、その残された妻子はどうなった？」

「それがしの弟が妻に迎え、今も仲良く暮らしておりまする」

「ハハハ、それは重畳」

氏郷が幸せそうに笑い、指先で目頭を拭った。九十二万石の太守が、従三位参議の貴人が、会ったこともない足軽一家の人生に思いを馳せて涙ぐむ——人間捨てたものではないと感じ、茂兵衛は嬉しかった。ちなみに、その弟夫婦の間に生まれた最初の子供が小六である。

「のう、茂兵衛？」

「はい」

「ワシはあの世でデウスに会うたら、豊臣家の行く末をお頼みするつもりや」

「ほう」

「三年前の一月に、大和大納言様《やまとだいなごん》（秀長）が薨去《こうきょ》された。そのわずか一ヶ月《ひとつき》後には、千宗匠《そうしょう》（利休）が死を賜った。さらに同年夏には鶴松君がお隠れになった。天正十九年がすべての始まりだったような気がする」

「すべての始まり？」

ここで少し間が開いた。

「否々、さすがにそこまではない」

慌てた様子で、竹籤《たけひご》のようにやせ細った手を振ってみせた。

「今の言葉は取り消す。よいな茂兵衛、取り消すぞ」

「御意ッ」

氏郷はここでいったん押し黙り、息を整えた後に言葉を継いだ。

「一点だけ徳川殿にお伝えして欲しいことがある」

「伺いまする」

「日本国を戦乱の世に戻してはならぬ。太閤殿下にも毀誉褒貶《きよほうへん》はあるが、惣無事令を出し、乱世に終焉を与えたのはあの御方や」

そこは間違いない。茂兵衛も同意だ。氏郷はさらに続けた。

「徳川殿には太閤殿下の股肱となり、惣無事令をどこまでも推し進めて頂きたい。お伝えしたいのはそのことだけや」

すっかりやつれ果てた氏郷が病床で寂しく笑った。

年が改まった文禄四年(一五九五)二月七日。会津領主蒲生氏郷は、伏見城下にて、安らかに息を引き取った。享年四十。あまりにも早い死だ。茂兵衛は箕輪の井伊直政に、氏郷の薨去を報せる長い書状を送った。

第四章　豊家《ほうけ》大乱

一

昨年、秀吉は盛大な花見を催した。世に言う「吉野《よしの》の花見」である。

花見への列席を強く求められた家康は、茂兵衛の鉄砲百人組とともに上京した。文禄《ぶんろく》三年（一五九四）二月のことだ。以来、一年以上に及ぶ上方滞在となっている。家康は目下、本拠地江戸《えど》を造ることに忙殺されていた。本音では、京《きょう》になどあまり長居したくはなかったのだが、「どうしても」と秀吉から乞われ、仕方なく滞在を続けている。それがここにきて——

「国内はもとより、大陸の戦《いくさ》も収まっておる」

文禄四年四月十五日は新暦に直せば五月の二十四日に当たる。伏見城《ふしみじょう》の庭に建てられた利休好みの茶室内で、秀吉は満面の笑みを浮かべ、身を寄せ、家康の耳元に囁《ささや》いた。外は雨、だいぶ蒸し暑い。方丈の狭い空間で男が二人、身を寄せ合うとなかなかに鬱陶《うっとう》しい。

「おいおい明国《みんこく》皇帝も降伏して参るであろう。徳川殿、今なら江戸に戻ってもえぇのやぞ」

「左様でございまするか？　本当によいのですか？」

家康は探るような目で秀吉を窺った。

「嘘は言わぬ。万が一、明国の返答が不遜なものであれば、また兵を出すことになろう。その折には、徳川殿には是非我が傍に居って欲しい。となると、今を置いて貴公を江戸へ戻すことは難しくなるやも知れん」

「なるほど。では、お言葉に甘えまして……」

と、家康が腰を浮かそうとするのを秀吉が抱き止めた。

「慌てることはねェ。話はまだあるがね」

「ほうですか」

尾張《おわり》と三河《みかわ》訛《なま》りの両雄は、また対峙した。沈黙が流れ、柿葺《こけらぶ》きの屋根を打つくぐもった雨音だけが、茶室内に響いた。

「茶々（淀君）の妹に於江《おごう》という女子《おなご》がおるのよ。亭主に死なれて今は寡婦《やもめ》。年は二十三。ワシの養女でもある。母親が於市《おいち》様だけに、これがなかなかの美貌なんだわ」

「秀勝《ひでかつ》様の御妻女《ごさいじょ》であられた方ですな」

秀勝は、秀吉の姉の子である。関白秀次の実弟で、兄同様、叔父秀吉の養子となっていた。朝鮮《ちょうせん》で参陣していたが、三年前の文禄元年、巨済島《コジェとう》で病没した。以来於江は、聚楽第《じゅらくだい》城内の秀勝屋敷でひっそりと暮らしている。

もちろん、於市は織田信長の実妹で、淀君と於江の母親だ。戦国一の美女と称され、浅井長政、柴田勝家に嫁《か》したが、二度目の夫勝家に殉じ、北《きた》ノ庄《しょう》落城の折に自刃して果てた悲劇の女性である。

「直截に申すが……へへへ、嫁にどうかと思うてのう？」

「どおって……」

家康が赤面して、嬉しそうに月代《さかやき》の辺りを指先で掻いた。

「それがし、もう今年で五十四歳と……」

「たァけ。貴公ではねェわ。倅《せがれ》だがね。秀忠殿にどうかと訊いておる」

「あ、秀忠にね……ほおほお、はいはい」

家康は瞬《まばた》きを繰り返し、素早く胸算用を弾いた。徳川秀忠は、今年で十七歳。もし秀忠と於江の間に子供が生まれれば、その子は将来の天下人であろう於拾君の従弟《いとこ》となる。浅井長政が祖父で織田信長が大伯父。義理の関係とはいえ、秀吉の孫ともなる。豊臣と徳川の紐帯《ちゆうたい》はいよいよ深まろう。豊臣家にとっても、徳川家にとっても、ひいては日本国にとっても、決して悪い話ではない。

「そらもう。願ったり、叶ったりで」

家康が相好を崩した。

「秀忠殿やぞ？　貴公ではねェぞ。他の倅でも駄目だら」

「御意ッ。嫡男《ちやくなん》の正妻としてお受け致しまする」

徳川二百五十万石の相続者との縁組でなければ、豊臣側の利点は少なかろう。

「ほうかい。ならば約定だら。ほれ、起請文を出せや」

と、手を差し出した。

「い、今でございまするか？」

「冗談や、冗談、へへへ」

「なんと、ハハハ」

灰汁《あく》が強く腹黒い親父が二人、ニヤニヤと笑い合った。秀吉と家康、仲が良いのか悪いのか、よく分からない。

そうした経緯があり、文禄四年（一五九五）の五月三日。秀吉の許しを得た家康は、伏見を発《た》って江戸へと向かったのである。

一方、茂兵衛と鉄砲百人組は伏見に残された。家康の留守中、伏見徳川屋敷は、鳥居元忠と松平家忠が留守を守る。鳥居は古い戦傷《いくさきず》で左足が不自由だし、家忠は文人肌で武人としては頼りない。二人の留守居役を、茂兵衛が「軍事面で支えよ」との主人家康の思惑であろう。ちなみに、鳥居の古傷は天正三年（一五七五）、遠州《えんしゅう》諏訪《すわ》原城《はらじょう》攻めの折に受けた銃創である。

その後はしばらく平穏な日々が続いた。

乙部八兵衛から「京の町で、風魔小太郎に似た男を見かけた」との書状が届き、茂兵衛たちは「すわ」と色めき立ったのだが、その後は何も起こらず、いつしか警戒も緩められた。

秀吉は相も変わらず、聚楽第と大坂城《おおさかじょう》と伏見城を行ったり来たりして、慌ただしく過ごしている。六月に入ると、家康の代わりに嫡男の秀忠が上京してきた。

若殿様を傍で支えるのは大久保忠隣だ。忠隣は今年四十三歳、茂兵衛の六つ下である。父親譲りの団栗眼《どんぐりまなこ》だが、容貌は父と異なり美男だ。上背もあり、遠矢を射れば四町（約四百三十六メートル）まで届くという。

「よお、茂兵衛。父の葬儀では大層世話になったな」

「新十郎様、御機嫌麗《うるわ》しゅう」

聚楽第大手門外にある徳川屋敷内の書院で、茂兵衛は忠隣に平伏した。季節はもう夏である。開け放たれた障子から聚楽第の豪奢《ごうしゃ》な天守が望まれた。金箔瓦を置いた四重五階の天守で、城の北西部に屹立している。

忠隣は、いつもニコニコと機嫌がよく、快活で誰とでもすぐに打ち解けた。忠世の腹黒さも、彦左の頑固さも感じられず、忠佐のような無骨漢でもない。誰もが忠隣を好きになるが、父の忠世はむしろ「その気立てのよさ」を不安視していた。「あれでは、悪党からつけ込まれる」というのだ。ただ家康は、倅の指南役として忠隣を据えて置くことに、案外楽観的であった。

「乱世の家臣としては頼りねェが、これからは惣無事令《そうぶじれい》の世だからなァ。新十郎ぐらいの好人物がちょうどええのよ。おまんや平八郎の如き、偏屈な田舎者は流行《はや》らねェからのう、ハハハ」

「も、申しわけございません」

茂兵衛は腹の中で「なにが偏屈な田舎者だら。あんたに言われたかねェわ」と不平に思いながら平伏した。ただ、家康の思惑は茂兵衛にも朧《おぼろ》げに分からなくもない。秀忠と忠隣はよく似ているのだ。二人とも明るく善意に満ち、正直で信頼がおける。そんな二人が家を代表すれば、徳川の人気や人望はいやがうえにも高まろう。三河者についてまわる「忠誠心抜群だが、頑迷固陋《がんめいころう》で排他的」との悪い印象を払拭させたいのではあるまいか。不安もあるから、いつも自分の傍に置いていた軍師の本多正信を江戸に置き、秀忠と忠隣の行き過ぎを監視させているのだ。総じて完璧な布陣といえた。

（殿様は、あれでなかなか大所高所からよう見ておられるからなァ。俺、徳川に仕えてよかったわ）

文禄二年（一五九三）に秀忠付となって以来、忠隣は江戸に常駐しており、京に逗留している茂兵衛とはすれ違うことが多い。今回も昨秋の忠世の葬儀以来の対面である。

「於江様は、まだ首を縦にお振りにならないのか？」

「御意ッ」

茂兵衛が忠隣に頷いた。

於江は、最初の夫である佐治一成《さじかずなり》とは離縁し、二度目の豊臣秀勝とは死別している。三度目の相手が六歳年下と聞いて臍《へそ》を曲げ、再々嫁を頑なに拒絶しているそうな。

「そんな女子の我儘《わがまま》を、ようも太閤《たいこう》様は許しておられるのう」

呆れ顔の忠隣が小声で言った。この時代、結婚に当人同士の意向はほとんど反映されなかったから、親や養親からの話を拒絶するのは「我儘」と受け取られても仕方なかったのだ。

「これは、伏見城下での噂話に過ぎませぬが……於江様は、伯父君の信長公譲りで大変にお気性が激しく、太閤様が意にそぐわぬことを無理にお命じになると、喉を突きかねんらしいのですわ。それで太閤様もあまり無理には……はい」

「喉をか……そら、いかんなァ」

好人物の忠隣の口が、への字に曲がった。

そもそも於江にとっての秀吉は、実父と義父の仇である。さらには最初の夫を追放したのも秀吉、次の夫を異国の地に送り込み病死させたのもまた秀吉だ。親しい者に「秀吉は大ッ嫌いじゃ」と口にしたことまであるらしい。ただ、愛妾《あいしょう》淀君の実妹であるし、主筋の娘でもあるし、今は己が養女だ。秀吉としても、さすがに自死されては困るのだろう。手が出せないで困り果てている。

「彦右衛門尉様（鳥居元忠）としては、中納言《ちゅうなごん》様（秀忠）には聚楽第城下に御逗留あって、幾度か於江様に御挨拶などなされ、若いお二人の心の距離を縮められる策はいかがかと、そのように申されております る」

「心の距離か……なるほど。於江様は今、聚楽第城内にお住まいなのだな？」

「御意ッ。前夫秀勝公のお屋敷にそのままお住まいです」

「分かり申した。取り敢えず彦右衛門尉殿の仰《おお》せの通りに致しましょう。もし上手くいかぬようなら、それはその時に考えればええから、ハハハ」

「御意……あッ？」

書院に入ってきた若者を見て、茂兵衛の背筋が凍った。

苦手な土井甚三郎利勝《どいじんざぶろうとしかつ》だ。甚三郎は、もともと駿府《すんぷ》城で取次方をやっていたのだが、非礼に茂兵衛が癇癪《かんしゃく》を起こし、彼の耳を摑み、千切れるほどに引っ張ったことがあるのだ。本多正信から「抜きんじて優秀」とは聞いていたが、今では秀忠の側近の一人として、相模国《さがみのくに》で千石を食《は》んでいるそうな。

「や、どうも」

茂兵衛の方が先に頭を下げた。

「ど、どうも」

甚三郎もぎこちない会釈を返してくれた。気まずい沈黙が流れる。

「御両者、顔見知りか？」

「はい、挨拶をする程度ですが」

妙な空気を察した忠隣の問いかけに、茂兵衛が答えた。

「土井殿、今後ともよろしくお願い致す」

「こちらこそ、よろしくお願い致しまする」

互いに頭を下げた。忠隣が怪訝《けげん》な顔をして、俯《うつむ》き押し黙る鉄砲大将と若き俊才の顔を見比べていた。

二

文禄四年（一五九五）の七月四日は、新暦に直せば八月の九日となる。もう立秋なのだが、夏蟬たちはここを先途《せんど》と鳴き交わしていた。なにが秋なものか、今日も体が溶けるほどに暑い。

茂兵衛は、同じ伏見城下ですぐ近所にある真田屋敷を訪問することになった。真田昌幸は朝鮮半島への渡航を免除された代わりに、秀吉から「伏見城の普請」を任されていたのだ。築城が一段落ついたので「暑気払いに、一献酌《く》もうか」と誘われた次第である。

留守居役である鳥居の許可も受けたし、真田家での宴なら、互いに気心も知れている。茂兵衛は、のんびりと出かけた。ただ、状況はそれどころではなかったのである。

「実は茂兵衛よ。酒宴などしておる場合ではないのじゃ。有《あ》り体《てい》に申せば……」

伏見真田屋敷の居室で、昌幸は周囲を見回した後、身を乗り出して茂兵衛に囁いた。

「風雲がな……急を告げておるのじゃよ」

昌幸は今年四十九歳。茂兵衛と同い歳なのだが、白髪がよく目立ち、瘦《や》せて大層老け込んで見える。若い頃から眠たそうな目をしていたが、今では始終眠っているようだ。

「ここだけの話になるが……太閤秀吉様と関白秀次様、お二人は早晩手切れになる。下手をすると、ひと戦《いくさ》あるぞ」

「い、戦にござるか？」

茂兵衛が大袈裟に驚愕してみせたので、昌幸の傍らで真田源二郎信繁《げんじろうのぶしげ》が、首筋をポリポリと掻いた。

「父上、大袈裟にござる。茂兵衛殿を煽《あお》ってどうされます」

源二郎は今年二十九歳。兄の源三郎信之《げんざぶろうのぶゆき》とは同腹の年子《としご》である。茂兵衛が初めて源二郎に会ったのはもう十二年前、彼はまだ十七歳だった。

「ハハハ、戦にまではならんか。力の差があり過ぎるな。でも、可能性はなくもないぞ。例えば……」

「例えば？」

茂兵衛が身を乗り出した。

「どこぞの有力大名が、関白秀次様の尻を担ぐとかさ」

昌幸が眠たそうな目を急に大きく見開き、茂兵衛の目を覗き込んできた。

「有力大名？」

思わず、昌幸の目を見返した。

（ああ、これはうちの殿様のことをゆうておられるんだわ）

天下を見回しても、秀吉に対抗できる大名は家康一人きりだ。

（相手は表裏比興之者《ひょうりひきょうのもの》だ。気をつけとかんと、妙な言質《げんち》を取られて他所《よそ》で吹聴されかねん。ここは当たり障りのない言葉で受け流すべきだわなァ）

「もし、天下泰平を乱す不心得者があれば、太閤殿下の先鋒たる我ら徳川が駆けつけ、即時に鎮圧致しましょう」

「ふん。ああ、そうかい」

昌幸が不快げに横を向き、肩をすぼめた。よほど茂兵衛の返事が気に食わなかったのだろう。

小田原《おだわら》征伐後、昌幸は秀吉からその働きを認められ、上田《うえだ》の旧領を安堵された上に、懸案だった上野国沼田《こうずけのくにぬまた》領を手に入れた。ただ、上田のある信州《しんしゅう》小県《ちいさがた》と沼田領はあまりにも離れ過ぎている。昌幸は、長男源三郎信之に沼田領を与え、統治させることにした。事実上、この頃から真田家は、昌幸と源二郎の上田真田家と、信之が統《す》べる沼田真田家に分かれ、協力し合いながらも、違う道を歩み始めていたのだ。ちなみに、信之は領国経営が忙しく、今は沼田に滞在している。

「昨今、太閤殿下の於拾君への偏愛は、度が過ぎておられる。遺憾ながら、後先を考えられなくなっておられるようにしか見えん」

と、昌幸が頭《かぶり》を振った。

幾度も秀次に於拾への関白職譲位を迫り、秀次がそれを拒絶すると大いに機嫌を損ねることが続いた――ただ、ここまでは家族の諍《いさか》い、ありがちな話であろう。ところが、最近は一線を越えているらしいのだ。秀吉は、聚楽第へと乗り込むと、居並ぶ諸侯の目も気にせず、秀次を怒鳴りつけることも多いらしい。養父が養子を叱ったでは済まない。この養父子の場合、太閤が関白を衆目の前で罵倒しているのだから。

「その件、御存知ない？」

「一応の報告は上がってきておるようですが、手切れとか戦とかまでは伺っておりません」

茂兵衛は当惑しながら、正直に答えた。

服部半蔵麾下《きか》の徳川隠密たちからも「最近の太閤は関白を面罵する」との報告はなされていた。ただ、それがいきなり「政変」とか「戦」にまでは結びつくことはないだろうとの結論であった。秀次が関白として朝廷を率いているといっても、まったく無力な、秀吉頼みの政権に過ぎないのだ。最終的には、秀吉が秀次を罷免すれば済むことであり、それに抗《あらが》う実力を秀次は持っていない。要は、大人と子供だ。徳川隠密たちも「秀吉が秀次を強く叱っただけ」「所詮は豊臣家内部の人事で終わる」との認識だと思われる。だからこそ、こうして茂兵衛ものんびりと真田屋敷を訪れることが許されたのだ。

「ふん、徳川隠密は甘いな」

「甘いですか」

「うん、甘いも甘い、金平糖のように大甘じゃ」

昌幸がニヤニヤし始めた。騒動が嬉しくて仕方がないようだ。天下に大騒乱が勃発するやも知れないこの時節に「よく笑えるな」とも思うが、ま、この人の性分だから仕方がない。

「太閤殿下は一昨日の二日早朝、大坂を発たれて京に向かわれた。当初は極めて上機嫌で、輿《こし》に揺られておられたそうな」

昌幸が小声でボソボソと語り始めた。

「それが、山崎界隈《やまざきかいわい》に来た頃には、何故か騎乗しておられ、もうお顔は紅潮し、怒髪天を衝き、周囲の侍衆も密集して馬の足を緩めることなく、一気に駆け抜けられたそうな」

秀吉は今、淀川《よどがわ》沿いに長く堅牢な堤を普請中である。淀川の氾濫を防ぐ目的の他に、堤の上に一本道を通し、京と大坂を繋ぐ往還とする目論見だ。完成は来年になるが「文禄堤《ぶんろくづつみ》」と名づける予定だそうな。

「貴公、これをいかに読み解く？」

「大坂から淀川沿いを行く途中に、なんぞあったのでしょうな」

「そらそうだわ。なにもなければ怒髪は天を衝かん」

「では、なにがございました？」

「分からん」

「な……」

少し力が抜けた。傍らでは源二郎が、瞑目しつつ頭を振っている。

「ただ、よからぬ噂はある。当たらなかったが、鉄砲で撃たれたのだ。狙撃よ」

「た、太閤殿下が撃たれたと？」

事が事である。可能な限り声を潜めた。

「銃声を聞いた者がおる。確かに六匁筒《もんめづつ》だったらしい」

「ろ、六……」

茂兵衛の尻が、褥《しとね》から一寸（約三センチ）ばかり浮き上がった。第一に、先々月届いた乙部からの書状は「風魔小太郎に似た人物の出没」を警告していた。第二に、風魔一族の手元にはまだ、茂兵衛隊から鹵獲《ろかく》した三挺の「六匁筒」が残されている。そして第三に、風魔は北条を滅ぼした秀吉に深い遺恨を今も抱いているはずだ。

（おいおいおい。もし秀吉を狙った鉄砲がうちの六匁筒だったりしたら、ドえらいことになるがや。鉄砲の持ち主の俺ァ、切腹もんだろうなァ。ひょっとして、釜茹《ゆ》でもなくはねェぞ。あれだけは嫌だなァ）

石川五右衛門の処刑が頭を過《よぎ》った。冷や汗が背筋を伝って流れ落ちたのは、暑さのせいばかりではない。

「太閤殿下はこうお考えになった。『今自分が死んで一番喜ぶのは誰か？』と。で、それは関白秀次であろうと」

「な、なるほど」

話の先は読めた。疑心暗鬼となった秀吉は、実の叔父であり、養父でもある自分に狙撃という形で牙を剝いた秀次を、決して許すことはないだろう。関白の秀次は天皇の直臣だから朝廷への根回しが必要にはなろうが、それが済み次第、排除するはずだ。

「昨日三日には、石田治部少輔《じぶしょうゆう》と前田玄以が密かに聚楽第に乗り込み、秀次公を厳しく詰問したそうな」

「で、関白様はなんと？」

「周章狼狽《しゅうしょうろうばい》して口から泡を吹き、『誤解だ、濡れ衣だ』と繰り返すばかり」

「あいや……」

茂兵衛の直感では、狙撃未遂犯は風魔小太郎だ。秀次への嫌疑は、確かに濡れ衣だと感じる。

（ま、秀次が小太郎に依頼した可能性がわずかになくもないか）

いずれにせよ一大事である。

「私の方から、一言よろしいか？」

と、黙って聞いていた源二郎が話を引き継いだ。

「現在、徳川家御嫡男の秀忠公が聚楽第におわすそうだが、それはちと不用心かと思い、老婆心ながら注意喚起をしようと、本日は茂兵衛殿に御足労いただいた次第にござる」

「な、なんと！」

今度は本当に褥から跳び上がった。

「ちと不用心」では済まない。秀吉に対抗する力のない秀次が、天下第二位の実力者で、秀吉も恐れる徳川の嫡男を拉致して人質とし、家康に秀吉との仲介を頼もうと考える可能性がなくもない。

「それがし、屋敷に戻らねばなりませぬ。真田様の御厚情、生涯忘れませぬ」

「貴公が忘れぬのもよいが、この件、ちゃんと徳川様にお伝えしてくれや。教えてやったのはワシと源二郎だぞ」

昌幸が狡猾《こうかつ》そうに笑った。

「必ず伝えまする。では、御免」

と、父子に一礼して、後も見ずに駆け出した。


「え、えらいことだがや」

鳥居元忠が天井を仰ぎ見た。

「こんな時に限って、殿は御留守だし」

松平家忠が拳を握り締めた。

（いやいや分からんぞォ。殿のお留守を狙って、誰ぞが絵図を描いたのやも知れん。で、誰ぞって誰だら？）

今は、伏見城と聚楽第の政治的な駆け引きで、まさに魔窟と化している京の都である。誰もが疑わしい。誰にも動機はあろう。

「まずは殿に異変を御報告することだら。ワシが書状を認《したた》める」

鳥居が呟《つぶや》き、茂兵衛に向き直った。

「おまんは鉄砲百人組を率い、今からすぐに聚楽第へ急行せい。兎《と》にも角《かく》にも、若殿をこの伏見屋敷にお連れするのじゃ」

「しかし、彦右衛門尉様……」

鳥居の命令に茂兵衛が異を唱えた。

「伏見城には太閤殿下もおられまする。物騒な鉄砲隊が京の町に押し出して、大丈夫でござろうか？　後々徳川が譴責《けんせき》を受けたらなんとします」

「その折はワシが腹を切るがね」

「や、でも」

そうなったら、家忠も茂兵衛も切腹だ。

「彦右衛門尉様、拙者にお任せ下され。今より伏見城に上り、太閤殿下に経緯を御説明申し上げまする」

深い学識と円満な人柄で、伏見屋敷の外交を担当する家忠が提案した。

「うん、それでええ。それで行こう」

三人はそれぞれ仕事にかかった。鳥居は江戸の家康に変事を報告、家忠は伏見城に上り秀吉側に事情を伝えた。そして、茂兵衛は百人組の屯所へと走った。

「俺は、仁兵衛と仙蔵と小六を連れて行く」

茂兵衛は、自室に七人の寄騎衆と富士之介を呼び集めた。

「左馬之助は一之進以下を率い、鳥居様の指揮下に入れ」

「承知ッ」

隊を二手に分けることにした。茂兵衛は鉄砲五十挺と槍組弓組の半数を率いて聚楽第に急行する。左馬之助には残りの兵力を預け、伏見屋敷の警護を任せた。

(太閤様がおられる伏見城に、攻めかかる馬鹿はおるまいが、一応は備えておかにゃあなァ)

伏見屋敷の総兵力はわずか五百人ほどだ。左馬之助が率いる五十挺のよく訓練された鉄砲隊なら、十分に徳川軍の基幹となり得るだろう。

三

夕方七つ(午後四時頃)過ぎ、茂兵衛隊は京七口《ななくち》の一つ竹田《たけだ》口に到着した。現在の京都駅のすぐ東側である。京七口と呼ばれるが、御土居《おどい》に関所が設けられた箇所は九つもあった。その中で、伏見から最も近いのが竹田口だ。御土居は、幅五間（約九メートル）強の空堀と高さ二丈（約六メートル）弱の土塁からなり、京の都をぐるりと囲んでいた。京七口が言わば城門、虎口《こぐち》ということにはなろうが、堅牢な矢倉や石垣で防御されているわけでもなく、簡単な柵と木戸を番人が守っている程度であった。

「それがし、徳川家家臣植田茂兵衛と申しまする。故あって聚楽第まで参ります。竹田口をお通し願いたい」

と、四十絡みの門番に通行を乞うた。

「あの、率いておられるのは、鉄砲隊のようにもお見受け致しまするが？」

おずおずと訊ねてきた。意外に仕事熱心な門番らしい。

六角棒を手にした十人ほどの配下を率いる門番は裃《かみしも》姿である。一方の茂兵衛は、面頬《めんぼお》こそ着用していないが、当世具足《とうせいぐそく》に兜《かぶと》、白い陣羽織、悍馬《かんば》仁王の鞍上《あんじょう》から門番を見下ろしている。従う約百名は、これまた重武装の鉄砲隊だ。

「いかにも鉄砲隊にござる」

「あの、洛内《らくない》に入るには、いささか物騒かと？」

（糞が……ここで時を過ごすわけにはいかん。ええい、ままよ）

「物騒も何も、伏見の太閤殿下からの御用事にござる」

——大嘘である。そんな下命は受けていない。

「そ、それは御苦労様で……では、なんぞ証のようなものでも、あの、ございましょうか？」

「証とはなにかッ！」

と、精一杯の大音声《だいおんじょう》を張り上げた。まさに獅子吼《ししく》。毘沙門天《びしゃもんてん》の如き武将から怒鳴られた門番が、ビクリと背筋を伸ばした。

「かたじけなくも太閤殿下から『茂兵衛、行け』と直々に命ぜられ、『御意ッ』とここまで参った次第である。それでも通さぬと申すなら、一戦を覚悟されよ。本職としては太閤殿下の御下命を全うするため、貴公らを殲滅《せんめつ》した上で押し通ることも厭《いと》わない。仁兵衛、放列を敷けいッ！　斉射準備！」

「御意ッ」

次席寄騎の木村仁兵衛が、機敏に動いて鉄砲隊を配置につけた。

「弾込めィ」

「弾込めッ！」

仁兵衛の号令を、各寄騎衆、小頭《こがしら》衆が順送りで復唱し、足軽たちは六匁筒を起《た》てて、手慣れた様子で早合《はやごう》を使い、火薬と鉛弾を装塡した。

「あの……な、なにをなさっておいでなので？」

門番が、おずおずと茂兵衛に訊いた。

「知れたことよ。戦の準備じゃ」

「あ、あの……」

「火蓋《ひぶた》切れィ」

「火蓋を切れッ！」

カチカチカチ。カチカチカチ。

五十挺の放列――その斉射は、百騎の騎馬武者の突撃をも止め得る威力だ。

六角棒を放り出し、門番の配下たちが二、三人逃げだした。

「関守殿、御返答やいかに！」

鞍上から茂兵衛が怒鳴りつける。老いたるとはいえ仁王は軍馬だ。もうやる気満々、前脚で盛んに地面を掻いている。「突っ込ませろ」と催促しているのだ。

夏の夕方である。蟬時雨《せみしぐれ》の中、プンと火縄の燃える匂いが漂った。

さらに数名、門番の配下が得物を捨てて逃げ去った。

瞬間、何故か蟬たちが、ピタリと鳴き止んだ。

「ど、ど、どうぞお通り下さいませ！」

静寂の中、仕事熱心な門番が音《ね》を上げた。


「茂兵衛、どうゆうことか？」

聚楽第南の大名屋敷地区にある徳川屋敷はさほどに広くない。庭を埋め尽くした鉄砲足軽たちに辟易《へきえき》しながら、大久保忠隣が呻《うめ》いた。茂兵衛は、大広間の廊下で忠隣と土井甚三郎に事情を説明した。急いでいることもあり、立ち話である。

「どうもこうも……新十郎様、お耳を拝借」

と、茂兵衛は忠隣に一歩近づき、小声で耳打ちした。甚三郎も耳を寄せて、茂兵衛の話を一緒に聞く。

「……と、そのような次第にて、若殿をそれがしがお迎えに参上した次第」

「そ、そらえらいことだわ。実は最前、渡瀬左衛門佐《わたらせさえもんのすけ》殿が見えられてのう」

渡瀬は秀次の付家老の一人である。秀次とは馬が合い、最も信頼が篤い。

「関白様が若殿に用事があるゆえ、登城せよと」

「聚楽第に？」

「ほうだがや」

「なりません。若殿を人質にされますがね」

茂兵衛が目を剝いた。

「大丈夫、若殿はまだ屋敷内におられる。登城のためのお召し替えの最中だわ」

「では、そのまま、それがしが伏見城にお連れ致す」

茂兵衛が甲冑《かっちゅう》の胸を叩いた。

「大久保様、植田様、若干の懸念がございまする」

若いが、表情に賢さが滲み出ている土井甚三郎が、話に割って入った。

「窮地の関白様は、於江様もまた『人質になし得る』とお考えになるのでは？」

於江は、秀吉の愛妾淀君の実妹であり、また現在は、秀吉の肝いりで秀忠との縁談が進んでいる。もし於江が人質に取られれば、淀君と家康の手前、秀吉としても無下にはできないだろう。

「貴公の仰る通りだ。若殿と御一緒に於江様も伏見にお連れ致しましょう」

「ただ、於江様の居られる秀勝公のお屋敷は城内にございます。城門をどう通るかが難問でございますな」

不安げな甚三郎が、忠隣に質《ただ》した。秀勝は秀次の実弟であるから、その屋敷は、聚楽第西外堀の内側にあった。徳川屋敷からの距離は、ほんの数町だが大手門を潜って城内に入らねばならない。

「そこは任せろ」

忠隣が言った。

「大手門の警備は石田治部少輔殿の持ち場。ワシが頼めば、おそらく何も言わずに通してくれよう」

（そうか。石田三成と七郎右衛門様は懇意だったなァ）

大久保忠世は、石田三成から豊臣家内部の情報を受け取っていたのだ。

（服部半蔵や乙部八兵衛からは、石田治部少輔は「色々とややこしい人物だから近づくな」と言われとるが、少なくとも今宵に関しては「徳川の御味方」と思って差し支えあるまい）

そもそも半蔵の見立てでは、三成は近江《おうみ》侍として浅井長政の忘れ形見である淀君や於江に強い忠誠心を抱いている。於江の脱出劇を邪魔するはずがない。そこに忠世との紐帯を引き継いだ忠隣の頼みがあればなおさらだ。

「では、ワシと茂兵衛で於江様のことはなんとかする。甚三郎は今から聚楽第に上って関白様に、徳川の若殿は登城できかねる旨の言い訳をしておいてくれ」

忠隣が命じた。

「いかなる言い訳を致しまするか？」

甚三郎が質した。

「そうさな、取り敢えずは……秀忠公は『俄《にわか》の腹痛で臥《ふ》せっておられる』で誤魔化しておけや」

「承知ッ」

「では早速動こう。茂兵衛、こっちだ」

と、忠隣が先に立って、茂兵衛を秀忠の居室へと誘《いざな》った。

「若殿、御機嫌麗しゅう」

と、案内してくれた忠隣と並んで頭《こうべ》を垂れた。具足を着けているので、例によって茂兵衛は平伏できない。

「よお茂兵衛、久しいのう。相変わらず薄らデカいのう」

茂兵衛は、秀忠に会うたびに「容貌が御父上に似ておられる」と思う。もちろん、今の家康ではない。三十一年前に菱池《ひしいけ》の畔《ほとり》で初めて会った頃の家康だ。まだ二十代前半で、かなり痩せており、目だけがギョロリと大きかった。その頃の家康の容貌に、秀忠は驚くほどよく似ていた。徳川の古参家臣の間では「父君に似ず暗愚」との評価がもっぱらだが、本多正信は茂兵衛に「必ずしも、そうではねェ」と耳打ちしてくれたことがある。

「いやいや、なかなかどうして、本心や本音は、家臣の前では決してお出しにならねェ。自らを律する術《すべ》を生まれながらに知っておられる。家来を煽《おだ》てて上手に使っておられるぞ。暗愚な馬鹿殿ができる芸当ではねェ。その辺は、よう家康公に似ておられるがね」

——だそうな。

「話は分かった」

聚楽第に上るべく裃に着替えていた秀忠が頷いた。

「於江殿とともに、伏見の徳川屋敷に避難すればよいのだな？」

「御意ッ」

「と、申されますと？」

「ただ、於江殿を連れ出すのは、ちと難儀やも知れんぞ」

「ここだけの話な、於江殿は太閤殿下のことが、大層お嫌いなのじゃ、ハハハ」

と、若殿が身を乗り出し、小声で囁いた。

秀忠は、鳥居元忠の策により「於江との心の距離を縮めるべく」幾度か秀勝屋敷を訪れていた。周囲からの進言にはなんでも素直に従う秀忠だが、於江を訪問するのは「言われたから仕方なく」ではないようだ。彼女に会うのが楽しみで仕方ないらしい。これを恋とか好意と呼んでも差し支えあるまい。

「伏見城に逃れるぐらいなら『このまま秀勝屋敷《このやしき》におる』と言われるやも知れん。あの女子、テコでも動かんぞ。そうなったらどうする茂兵衛？」

と、秀忠が今度は茂兵衛の目を覗き込んだ。若者の目が少し笑っている。

「それは……困りまするな」

そうは言ったが、実はそれほどには困っていない。

（いざとなったら、否も応もねェ。女子一人ぐらい担いででも連れ出すさ）

もうすぐ陽が沈む。書院から眺める庭はもうだいぶ暗くなってきている。

（今日は四日だ。陽ばかりでなく月もすぐに沈む。後は暗闇が終夜続くがね。好都合だら。夜陰に乗じて京の町を駆ける。目立たんでええわ）

「その時はその時で、なんとかなるでござるよ」

茂兵衛に代わって忠隣が無責任に答えた。

「頼りないのう。お前ら二人では心許ない。よし、ワシも一緒に参ろう」

秀忠が褥から腰を浮かせかけるのを、茂兵衛が慌てて止めた。

「な、なりません」

「関白様は、若殿を人質に取ろうとお考えになるやも知れず。聚楽第に御自ら乗り込まれるなど、もっての外にございます」

「そうは申すが、朴念仁《ぼくねんじん》のお前ら二人では於江殿を上手く説得できんぞ。ワシが行かねばとても無理だ」

若い秀忠は、惚れた女と脱出行の大冒険をするのが嬉しくて堪《たま》らないようだ。秀忠の頭の中では、於江を迎えに行くのは、あくまでも自分でなければならないのだろう。

「ワシはなんでもお前たちの申す通りにしてきた。今後もそうするつもりだ。ただ、今宵のこの件だけは譲れん。こんなことを言いたくはないが……新十郎、茂兵衛、これは主命であるッ」

「ははッ」

忠隣と茂兵衛が、並んで反射的に頭を垂れた。長年の武家暮らし、「主命」の言葉には体が勝手に反応してしまう。

「ワシはこれより聚楽第に於江殿をお迎えにでかける、両名、供をせい！」

と、立ち上がった。

「はッ」

今度は忠隣一人が平伏した。

「新十郎様、駄目でござるよ」

茂兵衛が忠隣の袖を引き、小声で囁いた。

「若殿を聚楽第に入れるなど言語道断、常軌を逸しているでござる」

驚いたことに、忠隣は笑っている。

「仕方ないだろ。ま、なんとかなるさァ」

（あちゃ……この御方は駄目だわ）

茂兵衛は呆れた。

（七郎右衛門様が心配するはずだがね）

若旦那、まだ笑っている。

秀忠と忠隣と茂兵衛は、二十名ほどの護衛とともに、聚楽第の大手門へと向かった。秀忠一人が騎乗で、忠隣以下は全員が徒士《かち》だ。距離が近いし、目立たないように徒士にした。ちなみに、護衛の中には小六と富士之介も交じっている。

「これにてしばらくお待ちを。門番に話をつけて参ります」

そう言い残し、忠隣は一人で大手門へと駆けて行った。茂兵衛は秀忠の馬の傍に寄り、周囲を見回した。万に一つ襲われたら、身を挺しても若殿だけは守らねばならない。幸い、人通りはない。鉄砲でこちらを狙えるような物陰もない。

「おい、茂兵衛？」

鞍上の秀忠が声をかけた。

「ははッ」

「ほれ、見てみィ。瑞兆《ずいちょう》である！」

と、秀忠が指さす方を眺めれば、京の西方、嵐山《あらしやま》の山並みにちょうど巨大な夏の陽が姿を隠すところだ。聚楽第の緑の中で、盛んに蜩《ひぐらし》が鳴いていた。

忠隣の交渉により、大手門はすんなり通れた。秀勝屋敷はもうすぐである。

四

於江は、亡夫豊臣秀勝が残した豪奢な屋敷で、幼い娘を育《はぐく》みつつ、ひっそりと暮らしていた。秀勝屋敷は、聚楽第の大手門を潜って左、西外堀の内側、現在の出水通《でみずどおり》の北方に立っていた。

茂兵衛は秀忠とともに、於江の前に進み出た。忠隣は一人大手門に残り、退路を確保している。万に一つ、石田勢の気が変わった場合、秀忠が袋の鼠となりかねないからだ。

「中納言様、伏見へはどうぞお一人で行かれて下さいまし」

於江が言った。

「私は娘とこの地に残りまする」

秀忠が予言したように、彼女は同道を拒絶した。四、五歳の娘と寄り添い、心細げに童女の肩を抱き寄せている。

「於江殿」

恋する秀忠が、説得を試みた。

「貴女《あなた》お一人のことではござらん。この屋敷に居残れば、災いは姫君にも及びかねない。これに控えます植田は、百挺もの鉄砲を有する強力な足軽隊を率いております。伏見まではこの者に護衛させますゆえ、於江殿と姫君の御無事は拙者が保証致しまする」

百人組とはいっても、今は五十挺しか率いていない。現在、その五十挺の鉄砲隊は聚楽第城下の徳川屋敷で待機中だ。全員、具足の草摺《くさずり》を紐で縛らせ、寄騎の馬には枚《ばい》を嚙ませている。これから密かに京の町を抜け、伏見まで行くのだ。無用な音は立てたくない。

「それは頼もしいこと」

と、於江が茂兵衛を見て軽く会釈した。於江は噂通りの美貌である。ふと目が合っただけで、最前朴念仁と秀忠から笑われた茂兵衛でもドギマギした。若い秀忠が夢中になるのも宜《むべ》なるかなだ。

「でも、伏見には太閤殿下がおられることですし」

於江が表情を曇らせ、俯いた。

ここで秀忠がチラと茂兵衛を振り返った。その表情が少し自慢げである。まるで「ほら見ろ、ワシが申した通りであろう」とでも言いたげだ。茂兵衛は内心で苦笑し、会釈だけ返した。

「あの方と私は相性というか、めぐり合わせと申すべきか……昔から関わり合いになって、なに一つよいことがないのです」

相性の悪さ——二人の父親、二人の夫のことを指しているのに相違ない。口にこそしないが、於江は内心で、「秀吉に、父を二人、夫を二人殺された」と考えているはずだ。

「伏見では太閤殿下のおられる伏見城ではなく、我が徳川屋敷に御逗留なさればよろしい。大歓迎致しまするぞ」

秀忠が額の汗を懐紙で拭いながら粘りを見せた。陽が落ちても今夜はだいぶ蒸し暑い。

「どうせ御城に召し出されまする。そして自慢話を長々と聞かされますの。あの方、放って置かれるのが大嫌いですから」

「な、なるほど……お、お察しいたしまする」

さしもの秀忠も言葉が続かず、書院に空疎な沈黙が流れた。

「あんの……」

満を持して茂兵衛が介入した。

「俄の御病気で、臥せっておられることになされてはいかが?」

「俄の病気?」

佳人が小首を傾《かし》げた。まるで童女のように愛くるしい。

「ああ、茂兵衛でかした」

秀忠が叫んだ。

「それは実によい思案じゃ。実は拙者も、現在『俄の腹痛』と称して、関白様からのお招きをお断りしておりまする」

「あら」

佳人が秀忠を見つめて悪戯《いたずら》っぽく微笑《ほほえ》んだ。

「大丈夫、我が伏見屋敷には、口の巧い者や大嘘つきがゴロゴロ揃っておりますから。太閤殿下の御使者を煙に巻くぐらいは容易《たやす》いこと」

「まあ、大嘘つきがゴロゴロ？」

於江が口に手を当てて楽しそうに笑った。幼い娘が不思議そうに母を見上げていた。

茂兵衛は於江母子のいる居室から一人歩み出て、広縁に片膝を突き、庭に控える小六に囁きかけた。西の空にはわずかにまだ明るさが残るが、庭はもう暗い。よく手入れのされた植え込みの中では、すでに秋の虫が歌い始めている。

「まず、大手門の新十郎様に、四半刻（約三十分）ほどでそちらへ向かうとお伝えせよ。おまんはそのまま聚楽第徳川屋敷まで走り、鉄砲隊を屋敷の裏手に整列させろ。私語厳禁。可能な限り周囲に気取られるな」

「委細承知」

と、四番寄騎が闇の中を機敏に駆け去った。可能な限り——軍勢が動くとき、完全に気配を消すことなどできるはずがないのだ。茂兵衛の役目は、若殿を無事に伏見までお連れすることに尽きる。もし行く手を遮る者があれば、それが関白であれ太閤であれ、鉄砲を撃ち込むのに躊躇《ためら》いはない。

「さ、参りましょう」

「うん」

秀忠が姫を背負い、於江の手を引く。それを茂兵衛らが取り囲んで、秀勝屋敷を後にした。

大手門を固める石田三成勢が裏切ることはなかった。忠隣と合流して聚楽第のすぐ南側にある徳川屋敷に到着した。

聚楽第徳川屋敷を出る時は於江と娘、侍女たちを数基の輿に分乗させた。秀忠と忠隣は騎馬だ。それを秀忠の近習二十名が囲んで護衛する。近習たちも全員が騎馬で、さらにその前後左右を茂兵衛の鉄砲足軽隊が固めた。この態勢で夜の京を、一丸となって伏見まで駆け抜ける。

「鉄砲隊、前ェ」

茂兵衛が低い声で号令すると、寄騎衆、小頭衆も小声で復唱した。

聚楽第から伏見城までは、およそ三里（約十二キロ）ある。行軍の速さは、一番足の遅い輿に合わせざるを得ないから、二刻（約四時間）近くかかると見ておかねばなるまい。もし関白側からの接触、引き止めがあれば、当然もっと時はかかる。茂兵衛にとっても、鉄砲百人組にとっても暑くて長い夜となりそうだ。

「仁兵衛、鉄砲の準備は？」

仁王の鞍上から振り返り、茂兵衛が次席寄騎に質した。

「いつでも撃てるよう弾を込め、火鋏《ひばさみ》に火縄を付けた上で、火蓋を閉じさせております」

「暴発が怖い。弾まではええが、火縄は外して胴火《どうび》（火縄入れ）に入れさせろ」

「承知ッ」

ここは戦場《いくさば》ではないのだ。いきなり撃ち合うことにはなるまい。最悪の事態が起こっても、おそらくは「秀忠公を渡せ、渡さぬ」の遣り取りから始まるだろうから、その隙に射撃準備をさせれば十分に間に合う。

まず、徳川屋敷の裏手にある中御門大路《なかみかどおおじ》（現在の椹木町通《さわらぎちょうどおり》）を東へ四半里（約一キロ）進んで右に折れた。

西洞院大路《にしのとういん》（現在の西洞院通）を四町（約四百三十六メートル）南下すると右手に妙顕寺城《みょうけんじじょう》が見えてきた。この城は石川五右衛門を処刑した前田玄以の役宅となっているはずだ。前田は秀吉の側近だから、いざとなったら助けてくれる――とよいのだが。

しかし妙顕寺城に着く前に事態は急変した。横あいの冷泉小路《れいぜいこうじ》（現在の夷川《えびすがわ》通）から突出してきた百名ほどの騎馬の一団が、茂兵衛たちの前方を塞いだのだ。甲冑は着けていない。いずれも裃姿で槍すら手にしていない。戦う気がないのは明らかだ。

（ま、ええ。ここはハッタリで押し通す。後は相手の出方次第だわなァ）

「止まれッ。鉄砲隊二十五挺、放列を敷けィ」

と、茂兵衛が怒鳴り、秀忠と忠隣に会釈した後、仁王を最前列へと進めた。鉄砲二十五挺の放列――それだけ言っておけば寄騎たちは上手く隊を分け、残りの二十五挺は背後の守りに回してくれるだろう。どこから、どれだけの敵が出現するか分からないのだから。

「それがしは、徳川家家臣植田茂兵衛と申す者」

息まく仁王を輪乗りで鎮めながら、精一杯の大音声を張り上げた。

「太閤殿下の御下知により、とある姫君を伏見城までお連れ致す道中にござる。さあ、道を開けられよ」

夕方、竹田口の門番に使ったのと同じ手だ。元より秀吉の命など一切受けていない。ただ、秀忠や於江の身柄を秀次に奪われて、一番困るのは秀吉自身であろう。諸般の事情に鑑みて、後から文句が出る心配は少ないと、茂兵衛なりに判断していた。

その間に、寄騎らが機敏に動いて二十五挺分の放列を茂兵衛の背後に敷いた。騎馬の一団は押し黙ったまま、馬上からじっとこちらを見ているだけだ。竹田口の門番たちとは違う。鉄砲隊や死を恐れている風には見えない。一団の中からは、馬の嘶《いなな》きのみが聞こえてくる。十回呼吸する間(約三十秒間)待ったが、音沙汰無しだ。

「なるほど。どうしても道を譲らぬとあれば、太閤殿下と徳川家へのあからさまなる邪魔だてと見なすがいかが?」

相変わらず騎馬武者たちは黙っている。

「御返答、頂けないようだな……鉄砲隊、火蓋を切れィ」

仁兵衛以下の寄騎たちが大声で復唱した。

カチカチカチカチ。カチカチカチカチ。

「照準せよ！」

（おいおいおい。ハッタリもここまでだぞ？）

まさか夜の京の町中で、内裏《だいり》のすぐ傍で、太閤と関白が揉めているこの時期に、二十五挺もの鉄砲をブッ放すわけにはいかない。少なくとも、こちらが先制するのは駄目だ。「向こうが攻めてきた」「仕方なく撃った」とでもしなければ大問題になる。

（これで相手が動かなかったらどうするよ。次の一手は……もうねェぞ）

「お待ちあれ！」

謎の騎馬武者たちの中から声がかかった。

（ふう……危なかったァ）

茂兵衛は、闇の中で安堵の吐息を漏らした。

騎馬武者の中から一騎が前に進み出た。闇に慣れた目には、四十前後の小柄な男に見える。

「拙者、関白殿下の家臣で渡瀬左衛門佐繁詮《しげあき》と申す者」

（ほお、こいつか……死に体の秀次に、最後まで忠節を尽くすたァけは）

もちろん、心底から「たァけ」とは思っていない。当節、希に見る忠臣で義の人だ。むしろ一目置いていた。

「植田殿とやら、まず、我らに中納言様や於江様と諍うつもりは毛頭ござらん。このように誰も甲冑を着込んではおらん。槍もない。戦うつもりはないのだ。この点だけは信じていただきたい」

「ならば何故、道を塞がれる？」

茂兵衛が反論した。

「今般の太閤殿下の御勘気は、すべて誤解からくるもの。話せば分かるのでござる。その話し合いの仲立ちに、仲裁人として、中納言様と於江様をお頼りしており申す」

「で、我らにどうせよと仰せか？」

茂兵衛が質した。

「このまま聚楽第へとお戻り下され。決して悪《あ》しゅうはせぬゆえ。是非、お行列をお戻し下され」

「それは解《げ》せませぬな。我が秀忠公に、太閤殿下への仲裁を頼みたいとのお気持ちならば何故、聚楽第へ戻らねばならぬのか？　むしろ、伏見へ向かうべきでござろう。太閤殿下は伏見城におられるのですからな」

「ですから、中納言様にまずは関白殿下の言い分をお聞き願いたいのでござる。そのためにいったんは、聚楽第へお戻り下さいと申しております」

「事実上の人質ではござらんか」

「人質なぞと、滅相もない！」

渡瀬が声を張った。闇の中ではあるが、おそらくは目を剝いているのだろう。

「関白殿下や貴公らの御本心はどうあれ、太閤殿下や我が主《あるじ》には、人質と映るでしょうな。本職としては、貴公のお申し出を受け入れるわけには参りません。太閤殿下と主の命に従い、このまま伏見を目指しまする。道をおどきなされ」

「植田殿……」

そう低く呻いた渡瀬は、馬から下り、その場に端座し、平伏した。

「この通りでござる。話せば分かるのでござる。何卒、聚楽第へお戻り下され」

背後の百人も慌てて下馬し、渡瀬に続いて平伏した。

渡瀬左衛門佐は、遠州で三万石余りを食む歴《れっき》とした大名である。罪人のように地面に端座したことなどないはずだ。

「仁兵衛」

「はッ」

馬を寄せてきた次席寄騎に、小声で囁いた。

「まず火蓋を閉じさせろ。それから若殿と輿を囲んで密集した陣形をとれ。俺が先導する。このままゆっくり歩いて、伏見を目指す」

「もし、襲ってきたら？」

「成り行き次第だら。そのときは俺が判断する。俺のゆう通りに動け」

「御意ッ」

仁兵衛が離れると、また渡瀬に向き直った。

「渡瀬様、お気持ちは分かるし、貴公らの忠義心には感銘を受けるが、それがしにも奉公がござる。それがしの勝手な判断で、若殿を聚楽第にお戻しすることはできかねます。お察し下され」

それだけ言うと、手を大きく上げて仁兵衛に合図を送った。

「鉄砲隊、前へ」

仁兵衛の号令を聞いてから、仁王をゆっくりと歩かせ始めた。若殿と輿を囲んだ鉄砲百人組が静々と後に続いてきた。

渡瀬たちが実力行使に出ることはなかった。茂兵衛が進むと、人馬の群れは左右に開いて道ができた。百人の武士の間をすり抜けるようにして、茂兵衛は慎重に仁王を進めた。武士たちの間から、すすり泣く声が伝わってきた。

（侍なんて……どいつもこいつも、たァけだわ）

茂兵衛は、秀次のことが好きではなかった。奥州《おうしゅう》征伐の折、己が武威を示そうと随分と酷い仕置きをした男だ。相手を騙すようなことまでした。小牧長久手《こまきながくて》の戦いでは配下を置き去りにして一人逃げたような卑怯者だ。そんな秀次にも、これだけの忠臣がいて、今は主の命乞いのために地べたに這いつくばっている。

（ほんと……侍になんぞ、なるもんではねェな）

仁王の鞍上で、そんなことを考えていた。

五

伏見徳川屋敷の面々は、顔を合わせる毎《ごと》に「殿はまだか？」「殿が御不在の間に、京での政局は終わってまうがね」との会話が繰り返された。

鳥居元忠が政変を報せる書状を江戸に出したのは、七月四日のことである。本日は七月の七日だから、江戸と京が約百二十五里（約五百キロ）も離れていることを考えれば、まだ家康がくるはずがない。家康の上京まで、どんなに早くても、あと一ヶ月《ひとつき》はかかるだろう。そうと分かってはいても、豊臣家内で内紛が起こりかけている今、政治的にも軍事的にも頼りになる主人の不在は、徳川屋敷の空気を重くしていた。

「今夜は七夕ですわなァ」

「だからどうした⁉」

居室の広縁に座り、晴れた夏空に湧く入道雲を見上げながら、小六が呑気な台詞《せりふ》を吐いたので、扇子を使っていた茂兵衛が苛ついた。

「別に、どうもしませんけど。そんな……怖い顔で睨まんでもええでしょ」

「面《つら》が怖いのは生まれつきだがや」

「それは御無礼致しました」

と、小六が不満顔で平伏した。七夕が、竹を飾って庶民が祝う行事となったのは江戸期以降のことだ。この頃はまだ宮中で、技芸上達を祈る祭事が行われる程度にしか浸透していない。

「若殿は、下屋敷に入り浸っておいでだとか。この戦でも始まりかねん折に、ようも脂下《やにさ》がっておられるものと、皆が呆れておりまする」

於江は、伏見城大手門前の徳川屋敷には入らず、城の北、やや離れた徳川家下屋敷に逗留していた。そこに連日「秀忠が通っている」ということだ。

「ふん、戦になんぞなるもんかい」

茂兵衛が苦笑しながら答えた。

「秀次公に付き従う兵が幾人おる？　太閤様あっての秀次様よ。その太閤様に嫌われてはお終《しま》いだわなァ。先日の渡瀬様のような、時勢を読めないたァけ……そうゆうたら語弊はあろうが、ま、あの手の忠臣が百人おるか？　二百人おるのか？　そんなもの俺の鉄砲隊だけで制圧できるがね」

茂兵衛としては、秀忠と於江を取り逃がした段階で、すでに「秀次は死に体だ」と判断している。

「なら、どうして伯父上は苛ついておられるのですか？　戦にならないなら、別に殿様がおられんでもええでしょうが」

「戦はなくとも政治があるわさ。下手に動いたら駄目、逆に動くべきところで動かんでも駄目、徳川が太閤様に睨まれたらえらいことだがや」

まさに京と伏見は政治の季節を迎えていた。

戦のように、目を瞑《つむ》って蛮勇を振るって、エイヤッと突っ込めば済む話ではない。生き馬の目を抜くような、感覚的な動きと冷徹な判断が求められ、朗らかで好人物な秀忠や忠隣、一徹な頑固者である鳥居、武辺専一の茂兵衛などには到底務まらない。その匙《さじ》加減が滅法上手いのが主人家康であり、皆から頼られるゆえんなのである。その家康が不在だ。不安にもなる。苛立ちもする。

その日の午後、伏見城から命令がきた。

「徳川衆は京七口のうち、丹波口《たんば》を固めよ。太閤殿下のお許しなき限り、何人《なんぴと》も丹波口を通行させてはならない」

——だそうな。

事実上の指揮官である鳥居は、形だけ秀忠の裁可を得た後、茂兵衛と鉄砲百人組を丹波口へと急行させることにした。

丹波口は、御土居南西側の関所である。十三年前、本能寺の変の折、茂兵衛が脱出した場所のはずだ。往時はまだ御土居もなかったわけだし、本音を言えばあまり正確には覚えていない。ただ、当時一緒に逃げていた左馬之助と富士之介が「ああ、ここだわ」「ここじゃ、ここ」と感嘆の声を上げたから、一応茂兵衛も「覚えている」風に頷いておいた。

（なにも起こりゃしねェだろうが……太閤の手前、取り敢えずは「やってます」

の感じを出しておかにゃなるめェなァ。あんな半狂乱の爺《じじ》ィに睨まれたくはねェもんなァ）

半狂乱の爺ィ――もちろん、秀吉のことを指す。

「おい左馬之助、篝火《かがりび》を多めに焚《た》け。周囲を明るく照らせや」

「御意ッ」

闇の中に篝火の数が多ければ、ちゃんと仕事をしているように見えるだろう。それに京の町の闇には、ひょっとして風魔小太郎が潜んでいないとも限らない。

「おい、けちけちすんな。ドンドン燃やせ」

主人家康譲りで、日頃は吝嗇《りんしょく》な茂兵衛が気前よく命じるので、ようやく部内の勝手が分かってきた木村仁兵衛が目をパチクリさせた。

茂兵衛は槍をつっかえ棒として、大木の根方に座った格好で眠っていた。当世具足の胴は樽状に大きく湾曲しており、横たわると腰の辺りに食い込んで痛くなる。寝てなどいられない。具足を着けたまま眠りたい時には、座る、または立ったまま眠るのが心得だ。

「おい茂兵衛、交代だぞ。起きろや。こら茂兵衛、起きろ！」

木戸辰蔵に肩を摑まれ揺すられた。薄目を開けると、足軽姿の辰蔵が立っている。なんと、茂兵衛自身も足軽装束だ。

（なんだ辰の野郎、左腕、付いてんじゃねェかよォ。よかったァ）

「お頭《かしら》！」

「え？　あ？」

肩を揺すっていたのは辰蔵に非ず。三番寄騎の赤羽仙蔵であった。茂兵衛自身も足軽姿ではない。神の如き豪奢な甲冑に身を包み、羅紗《らしゃ》の陣羽織を着込んでいる。床几《しょうぎ》の上で舟を漕いでいたようだ。

「ど、どうした？」

口元から滴りかかった涎《よだれ》を拭う手がピタリと止まった。一気に覚醒した。赤羽の顔が尋常ではない。緊張している。なにか異変があったようだ。

「千人ほどの軍勢が南へ向かいまする。中に輿が、高貴な方がお乗りになる風の輿が一基交じっておりまする」

「分かった。行こう」

と、立ち上がった。

七月八日の未明、陽はまだ上りきっていない。今朝はだいぶ涼しいようだ。

「あの輿は、まさか、関白殿下か？」

左馬之助に小声で訊いた。

「そう思います。なんぼなんでも護衛の数が多い。千人はおるでしょう。まるでこれから戦に行くようだ。それでいて、馬印《うまじるし》や旗印が一切ない。実に妙ちくりんな行列ですわい」

朝靄の中、関白秀次を乗せたと思《おぼ》しき輿が、丹波口前を通過し、南へと向かった。大坂へ行くのか、はたまた高野山《こうやさん》へでも向かうのか、茂兵衛たちには一切分からない。家康はまだ到着しない。

文禄四年（一五九五）七月二十四日、家康がようやく伏見に到着した。

鳥居元忠が政変の恐れを報せる書状を江戸に出したのは、七月四日のことであった。江戸と京が、約百二十五里（約五百キロ）も離れていることを考えれば、驚異的な早さだ。家康はもちろん、供廻りの全員が騎馬で、数は二百騎ほど。決死の強行軍だった模様だ。

（家康公独特の直感で「これは危ない」「自分が行かねば」と判断されたのだろうよ。こうゆう時の殿様ァ、外さねェからなァ）

主人を迎え、安堵する鳥居元忠以下の留守居衆。茂兵衛も同様にホッと胸をなでおろした。

（へへへ、あの糞度胸の塊のような彦右衛門尉様《鳥居》までが、大層にお顔を緩めておられる。徳川家は、やっぱ家康公でもってるなァ）

旅装を解く間もなく書院上座に陣取り、秀忠や鳥居、忠隣や家忠などから次々と報告を聞いては、即座に断を下す家康は、とても頼もしく見えた。

家康はその足で伏見城へと上がった。しかし、あろうことか秀吉には会えず、代わりに大広間で石田三成が対応したそうな。

「関白秀次に謀反《むほん》の疑いこれあり。高野山にて、この七月十五日に切腹……」

「はあ？」

手や顔も装束も、旅の垢に汚れたままの家康が目を剝いた。

「せ、切腹とな？　太閤殿下がお命じになられたのでござるか？」

「左様でござる」

「甥御様にござろう？　御養子にござろう？」

「それとこれとは別義。なにせ謀反の疑いにござる。太閤殿下は政《まつりごと》に私情を挟む御方ではございませぬ」

と、眉一つ動かさずに、三成はそう告げたそうだ。

「あの治部少輔とかゆう男はどうも虫が好かん」

自邸に戻った家康が語気を荒らげた。秀忠以下、伏見屋敷の主だった面々が、
自室で小姓に手伝わせながら初めて旅装を解く家康の周囲に集まってきた。誰もが不安で、自然に主人の経験と知恵に頼っているのだ。

「三成の奴、ここへきて横柄な態度を取り始めたわ。今までは猫をかぶっておったらしい。まさに虎の威を借る狐だがや」

着替えを終えた家康は、広縁を歩いて書院へと向かった。一同も金魚の糞よろしくゾロゾロとこれに続く。

秀吉はここ数日、秀次が住んだ聚楽第を徹底的に破壊していた。

「跡形もなく破却せよとの命が下った由にございまする」

忠隣が、主人に遅れぬよう速足で歩きながら耳打ちした。

「なに、跡形もなくだと？」

矢倉や御殿の一部は、普請中の伏見城へと移築されることになる。

「住んだ城まで許せぬほど秀次公が憎いか？」

家康が、歩きながら呟いた。

書院に入ると、家康は床柱の前ではなく、部屋の真ん中に腰を下ろした。秀忠以下はそれを取り囲むようにして座った。茂兵衛も松平家忠の背後に座った。

「書状には認めませなんだが……」

鳥居元忠が、声を潜めた。

「関白様が、銃撃されたとの噂がございまする」

「どこで？　誰が狙った？」

家康がギョロリと鳥居を睨んだ。

「噂にございますれば、確《しか》とは……」

「その噂の出所はどこか？」

「茂兵衛が、真田屋敷から仕入れて参りました」

「ゴホン、ムホン」

自分の名が出て、思わず咳き込んだ。家康の機嫌もあまりよくない。嫌な予感しかしない。

「また、おまんか……ワシの真田嫌いを知っておろうに。昌幸の奴と酒を酌んでワシの悪口でも、しみじみと語り合っておったのか！」

「と、とんでもございません」

取り敢えず平伏し、額を畳に擦《こす》りつけた。

「で、あの悪党は狙撃の経緯をなんとゆうとった？　正直にゆうてみりん」

「あの……安房守《あわのかみ》様が仰るには、太閤殿下は大坂を出る折には、輿に乗り、大層御機嫌がよろしかったそうにございます。ところが山崎辺りでは騎馬になっておられ……」

と、真田屋敷での会話の内容を過不足なく伝えた。昨年、文禄三年（一五九四）の四月、昌幸は豊臣姓と従五位下《じゅごいげ》安房守の官位を正式に受けている。今までの僭称《せんしょう》ではなく正真正銘の安房守だ。ちなみに、信之と信繁の兄弟も同年十一月、従五位下伊豆守《いずのかみ》と従五位下左衛門佐《さえもんのすけ》の官位を、豊臣姓とともに受けている。真田家、かなりの厚遇である。

「なるほど、それで太閤殿下は『自分を狙ったのは関白に相違ない』と闇雲に決めてかかられたわけか。確かに動機はなくもねェが、あの御方にそこまでの度胸があるとも思えねェ」

茂兵衛は、銃声が六匁筒のものであり、自分が風魔小太郎に六匁筒を鹵獲されたままであること、自分としては秀次ではなく、風魔が狙撃犯人と感じていることを、敢えて口にしなかった。忠義の道としては、自分に不利なことも含めすべてを報告すべきだろうが、やはり、自分の身は可愛い。小太郎の破牢を許した大久保党、なかでも彦左への配慮もある。

「ええか。彦右衛門尉（鳥居）は我が方の隠密を、新十郎（忠隣）は豊臣家内の伝手《つて》を使い、それぞれ情報を集めよ」

忠隣の伝手とは、すなわち、家康が嫌う石田三成である。

「御意ッ」

鳥居と忠隣が応じた。

「茂兵衛は、真田屋敷に足しげく通って話を引き出せ。昌幸の奴、癪には障るが目端《めはし》は利《き》くからのう」

「ははッ」

と、平伏した。

秀吉は、徳川家康、毛利輝元、小早川隆景《こばやかわたかかげ》の三名に、起請文を提出させた。

「徳川殿、此度《こたび》の起請文は、冗談ではねェぞ」

「御意ッ。もちろんにございまする」

秀吉が家康に念を押し、家康は平伏した。

内容は以下の如し——

一、豊臣秀頼に忠誠を誓うこと

二、諸事につき秀吉の命令にしたがうこと

三、背いた者は誰であっても調べて処罰すること

翌八月には、前述の三大名に加えて上杉景勝、宇喜多秀家を加えた五人が伏見城に呼び出され、更なる起請文の提出を求められた。先月家康らが提出した起請文の内容に加え、以下が加筆された。

一、諸大名の婚姻は秀吉の許可を得たうえで決定すること

二、諸大名が誓紙を交わすことを禁じる

五大名は連名でこれを秀吉に差し出したのである。

六

主人家康からの命令に従い、茂兵衛は御近所の真田屋敷を再訪した。もちろん、目的は情報の収集である。昌幸は伏見城に登城しており会えなかったが、源二郎が歓迎してくれた。ただし源二郎の口は重く、なにも新たな情報を提供して

はくれない。茂兵衛は内心で落胆した。

「茂兵衛殿には、申しわけないのですが」

源二郎が小声で話し出した。

「私は、父や兄と違いあまり人付き合いが上手くない。言っていいことと悪いことの区別がつかない。これはもう本当に区別がつかないのです。『ああ、これは理屈に合っているな』と感じたら最後、馬鹿正直になんでも口にしてしまう。情けない話だが『お前は、なにも喋るな』と父から厳しく言われております」

「や、それがしも似たようなものでござる」

「これが戦場でなら、指図も駆け引きも多少はできるのですが、敵か味方かも分からない人間同士の曖昧な遣り取りはとても苦手です。苦痛です。や、もちろん、茂兵衛殿のことは幼い時分からの付き合いで、御信頼しておりますが」

「いやいや」

そういえば、酒の席で兄の真田源三郎信之が「弟は、楠木《くすのき》正成《まさしげ》公に似ておるのです」と寂しそうに呟いたことがある。茂兵衛は、楠木某を名前程度しか知らなかったので、その場では生返事だけで済ませ、後になって学識のある人に訊いてみたのだ。

楠木正成は鎌倉末から南北朝期の武将だ。戦術の才に秀で軍事的には大活躍したが、政治的には真っ正直に過ぎ、まったく力を発揮できなかったらしい。最後は味方からも見放され、敢えなく戦場に散ったという。

（そんな悲劇的な御仁に弟をなぞらえるなんて、源三郎様も随分だなァ）

と、思ったりもしたのだが、図らずも今日、当人の口から似たような内容を告白されてしまった。ただ、同じ席で源三郎は、弟を評してこうも言った。

「あいつには、軍神が憑《つ》いているのです。戦場では、毘沙門天だか八幡神だかが乗り移ったような、見事な采配を揮《ふる》うことが度々ありました」

茂兵衛はそのとき、恩人である本多平八郎のことを思い出していた。

（平八郎様と源二郎様は、たぶん似ておられるのだろう。同じ種類の人間だら。お二人に違った点があったとすれば、生まれた時代よ）

平八郎は乱世の真《ま》っ只中《ただなか》で生まれ育ち、馬上で青春を駆け抜け円熟した。約二十年後に生まれた源二郎は、天下の趨勢《すうせい》がほぼ決まった時代に成長し、今、惣無事令下の世で円熟期を迎えている。その違いだけだ。

茂兵衛の周囲には、乱世が終わったこと、惣無事令下の世を疎む者が一定数いる。その多くは手柄を挙げる機会の喪失を嘆いているのだが、源二郎のそれは、彼らとは違うようだ。

「ね、源二郎様」

「はい？」

元気なく俯いていた源二郎が顔を上げた。

「貴方様《あなた》は平和な世がお嫌いなのですか？」

「や、それは誤解です。人が死ぬ。父が死に、倅が死に、夫が死ぬ。そういう悲劇が減るのだから、乱世が終わったことを不快に思うのは不正義です。ただ……」

「ただ？」

「戦場にしか己が天分を発揮する場のない者には、多少は残念に感じる、それだけにござる」

（貴方様は、生まれてくる時代が、十年遅かったのですよ）

茂兵衛は、源二郎に同情しつつも、彼の未来に一抹の不安を覚えていた。

秀次の失脚と切腹、聚楽第の破却を受けて、秀吉は諸大名に上洛を命じ、事態の鎮静化を図った。家康はこれ以降、開発途上の江戸城を放っておいて伏見に滞在する期間が長くなった。情勢はどう動くか分からない。まさに「政変の季節」であった。

終章　倒壊、伏見城《ふしみじょう》

文禄《ぶんろく》四年（一五九五）八月二日、豊臣秀次の妻子が、京《きょう》の三条《さんじょう》河原にて処刑された。

仮にも前関白の家族である。それが一年前の文禄三年八月に、盗賊石川五右衛門とその眷属《けんぞく》が処刑されたのと同じ場所で、目を覆うばかりの酷い仕打ちを受けたのだ。釜茹《ゆ》での刑でこそなかったが、女子供ばかり三十人以上が首を落とされ、その場に掘られた大穴にまとめて投げ込まれた。母の遺体の上に、幼い子の首が乗るのを見て、竹矢来《たけやらい》の外で見守る庶民の間からは、同情のすすり泣きや、役人への悪態の声が上がり、しばらく止むことはなかった。大穴は早速埋められ塚のように土を盛られ、その頂《いただ》きに、高野山《こうやさん》から運ばれた秀次の首が無造作に乗せられたのだ。

道義や宥恕《ゆうじょ》をかなぐり捨てた蛮行に、洛中洛外《らくちゅうらくがい》に住む誰もが眉をひそめた。

そして、そんな非道を行っているのが、現在の天下人、豊臣秀吉自身なのだから世も末である。

茂兵衛は、またしても家康から命じられ、小六とともに三条河原へと出向いていた。目の前で繰り広げられる地獄絵図を眺め、嘆息を漏らした。

「正気の沙汰ではねェ」

伏見徳川屋敷への帰途、茂兵衛が小六に呟《つぶや》いた。

「どんだけ憎かったか知らんが、なにも女子供まで……あれでは、手前《てめ》ェで手前ェの首を絞めてるようなもんだがね」

「太閤《たいこう》様のことですか？」

「ほうだがや」

「やり過ぎですよねェ」

五右衛門の時は「悪行の報いは自業自得」との強硬な立場を採った小六も、十名もの幼子の首が転がるのを見て宗旨替えしたようだ。

「あれでは民心は太閤様から離れようし、そもそも、ただでさえ少ない肉親を自ら減らしてどうする？　豊臣家に人がいなくなっちまうがね」

「確かに」

家康に仲介を頼もうと、秀忠の確保を試みた渡瀬繁詮以下の多くの重臣衆《おとな》は、預け置かれた各大名屋敷内で、すでに切腹して果てている。無謀な大陸侵攻でも、甥で養子の豊臣秀勝以下、病死や兵站《へいたん》の不備から、多くの人士を失った。そして今般、自らの後継者とその子供たちを根絶やしにしてしまったのだ。

生前の蒲生氏郷は茂兵衛に、豊臣秀長、千利休、豊臣鶴松を相次いで亡くした天正十九年こそが「すべての始まり」と言いかけて言葉を呑み込んだ。あのときの「すべて」が「豊臣家崩壊」を意図していたのは明らかである。

「豊臣家を支えるべき人材が、誰も彼も死んでいく。そしてその過半は、太閤様御自ら引導を渡しておられるもんなァ」

と、茂兵衛が呆けたように呟いた。

組織とは、英傑一人の才能で機能するものではない。多くの股肱《ここう》や親族の支えが不可欠なはずだ。今や確実に豊臣家の屋台骨は痩《や》せ細り、ぐらついている。

(天運は豊家を見限りつつあるのかも知れん)

天下は、惣無事令《そうぶじれい》を振りかざす秀吉の強権下でなんとか治まっているのだ。その秀吉の頸木《くびき》が力を失えば――

（まさかひょっとして……徳川の出番じゃねェのかァ？）

茂兵衛は、そんなことを考えていた。

文禄四年（一五九五）九月十七日、秀吉の養女でもある於江が、徳川秀忠に嫁《か》した。

於江の一人娘は、伯母である淀君の養女となり、母親から引き離されて大坂城に住むこととなった。秀忠は母娘の気持ちを慮《おもんぱか》り、漢気《おとこぎ》を見せ「自分の娘として養育する」と言い切ったのだが、豊臣家の血を引く数少ない姫を秀吉が手放すはずもなく、母娘は泣く泣く別れたのだ。

（ふん、豊臣の血族を減らしたのは、手前《てめ》ェ自身じゃねェか。あれだけ殺せば、そりゃ血も絶えるわなァ）

と、茂兵衛は心中で冷笑した。

於江にとって秀吉とは、二人の父親と二人の亭主を奪い、さらに今、娘をも奪った恨み骨髄の存在となった次第だ。

ちなみに、後日この娘は豊臣完子《さだこ》と名乗り、五摂家の一つである九条《くじょう》家に嫁いだ。夫の九条幸家《ゆきいえ》は関白にまで出世し重要な存在となっていく。豊臣家没落後は、義母が嫁した徳川家と朝廷の仲を取り持つことになるのだ。

翌文禄五年（一五九六）閏《うるう》七月十三日深夜、子《ね》の刻（午前零時頃）。

夜具の中で茂兵衛は目覚めた。障子などの建具がカタカタと音を立てている。

（あれ、地震か？）

大した揺れではなさそう——と、思った刹那、ドンと下から突き上げられた。

グラグラグラ。グラグラグラ。

巨大な縦揺れが伏見徳川屋敷を襲った。飛び起きたが、立っていられないほどの強い揺れだ。這うようにして両刀を摑んだとき、背後でガラと襖《ふすま》が開いた。

「殿ッ」

富士之介だ。

「庭だ。なにも持たんでええ。庭に出ろ！」

「御意ッ」

主従で助け合い、動かなくなった障子を蹴破り、庭へと走り出た。大きな揺れに眠りを破られた小鳥たちが、木々の枝から飛び立ち、暗い夜空を舞っている。盛んに鴉《からす》が鳴き交わす。

ゴ――――ッ
土煙と轟音《ごうおん》をあげて、徳川屋敷内で最大の大広間がある主殿が倒壊した。概して広い部屋は地震に弱い。狭い部屋の方が、柱や壁が立て込んでおり、揺れには強いものだ。

（と、ゆうことは？）

背後を振り返ると、そこにあるはずの伏見城天守が見えない。最前まで屹立していた空間から綺麗に消失している。

「富士、建物や灯籠に近寄るな。下敷きになるぞ」

「御意ッ」

そう注意したそばから、大きな灯籠が崩れた。墓石や灯籠は、石を積み重ねてあるだけだから地震には滅法弱い。

庭の彼方《かなた》に、家康が数名の小姓とともに避難しているのが見えた。

「富士、ついて来い」

と、駆け出した。

「御無事で何より」

「おお、茂兵衛か……よお揺れたなァ」

「殿、あれを御覧下さいませ」

茂兵衛が家康の背後を指さした。振り返った主は、初めて伏見城天守が無くなっているのに気づいたようだ。

「あれま……」

しばらく、天守があった空間を見つめていたが、やがて茂兵衛に向き直った。

「ワシはええから、おまん、すぐに御城へ上れ。太閤殿下の安否を確実に調べてこい。調べたことは誰にもなにも喋るな。この場に戻って復命せよ」

「御意ッ」

「裃《かみしも》に着替えるのはええが、甲冑《かっちゅう》は着けるな。槍も持つな。従者は一人きりにせよ。痛くもない腹を探られたくはねェからなァ。よしッ、行け！」

痛くもない腹——それは謀反《むほん》の疑いを意味するものと思われた。

「ははッ」

と、平伏し、富士之介を連れて駆け出した。

余震の続く中、茂兵衛は富士之介一人を連れて伏見城の石段を駆け上がった。天守だけではなく、城内のあちこちで矢倉や城門、石垣などが盛大に崩れている。秀吉は何事にも、巨大さや派手さを好む傾向が強く、城も御殿もなにもかもが壮大だ。その結果として伏見城はかくも儚《はかな》く、地震によって灰燼《かいじん》に帰してしまった。

（こうなると、京の町には妙な噂が広まるんだろうさ）

走りながら茂兵衛は考えた。

（地震で伏見城が壊滅したのは、故関白家一族の祟《たた》り。天は豊臣家を見放したってなァ。ま、あながち外れてもいねェのかも……お？　なんだありゃ？）

倒壊した本丸御殿前に差しかかったところ、彼方から珍妙な一団がこちらへ向かってきた。

夜目にも分かる大男が先頭に立ち、十数名の小姓衆がそれに続く。小姓衆全員が抜刀し、揃って刀身を右肩に担いでいる。さらに、大男は誰かを背負っているではないか。

「富士之介、控えろ」

そう低く叫んで、主従揃って石段の脇に平伏した。

「よお茂兵衛、無事であったか？」

大男に背負われているのは、紛れもなく豊臣秀吉その人であった。

「徳川殿は御無事か？」

秀吉が背負われたまま声をかけてきた。

「御意ッ。お陰を持ちまして」

「それは重畳《ちょうじょう》……おい虎《とら》、おまん、こいつを知っとるか？」

秀吉が、背負われている大男に質《ただ》した。

（虎だと？　名が虎で大男と言えば……）

肥後国熊本《ひごのくにくまもと》十九万五千石の太守にして従五位下《じゅごいげ》主計頭《かずえのかみ》、加藤清正その人であった。有名人であるから茂兵衛も朧《おぼろ》げには見知っていたが、直接対面するのは今回が初めてである。現在は、石田三成の讒言《ざんげん》を受けて謹慎中と聞いたが、許しでも出たのだろうか。

「お顔だけは幾度か……御城内にて」

六尺三寸（約百九十センチ）はあろうかという巨人だが、声は低く、落ち着いている。意外に知的な印象だ。

（福島正則と仲がええと聞いたが、随分と趣《おもむき》が違うなァ）

茂兵衛が苦手な福島正則は、粗野で粗暴で騒がしく、遠慮会釈もない男だ。

「茂兵衛、徳川殿に伝えてくれや」

「御意ッ」

「城ぐらい、なんぼでも造り直したらええ。こんな脆い糞城は打ち捨ててよォ。新たな伏見城を木幡山《こはたやま》に築くつもりだがや。今度酒でも酌《く》みながら相談したいと徳川殿にゆうといてくれや、ガハハハハ」

と、加藤清正を促して歩み去った。

（ほお、豊臣にはまだまだ人も銭もあるってことか……虚勢じゃねェのか？　早速屋敷に戻って、殿様に報告しようかい）

と、袴《はかま》の埃を払いながら立ち上がった。

「加藤清正公、随分と大柄な方ですね。手前よりもさらにデカそうですわな」

富士之介が呟いた。彼も六尺二寸ある。

「ほうだら。あの手の御仁には戦場《いくさば》で遭いたくねェなァ……あ、また揺れとるわ」

「御意ッ」

主従は余震を警戒しながら暗い石段を下り始めた。

本作品は、書き下ろしです。
協力：アップルシード・エージェンシー

双葉文庫

い-56-15

三河雑兵心得《みかわぞうひょうこころえ》

豊臣仁義《とよとみじんぎ》

2024年6月15日　第1刷発行
2024年7月22日　第2刷発行

【著者】
井原忠政《いはらただまさ》
©Tadamasa Ihara 2024
【発行者】
箕浦克史
【発行所】
株式会社双葉社
〒162-8540 東京都新宿区東五軒町3番28号
［電話］03-5261-4818(営業部)　03-5261-4831(編集部)
www.futabasha.co.jp(双葉社の書籍・コミックが買えます)
【印刷所】
中央精版印刷株式会社
【製本所】
中央精版印刷株式会社

【フォーマット・デザイン】
日下潤一

落丁・乱丁の場合は送料双葉社負担でお取り替えいたします。「製作部」宛にお送りください。ただし、古書店で購入したものについてはお取り替えできません。［電話］03-5261-4822(製作部)

定価はカバーに表示してあります。本書のコピー、スキャン、デジタル化等の無断複製・転載は著作権法上での例外を除き禁じられています。本書を代行業者等の第三者に依頼してスキャンやデジタル化することは、たとえ個人や家庭内での利用でも著作権法違反です。

ISBN978-4-575-67204-6 C0193
Printed in Japan